고교생 레스토랑

고교생 레스토랑

초판 1쇄 인쇄 | 2013년 5월 1일
초판 1쇄 발행 | 2013년 5월 5일

지은이 | 오세웅
펴낸곳 | 함께북스
펴낸이 | 조완욱
디자인 | 강희연

등록번호 | 제2012-000138호
주소 | 412-230 경기도 고양시 덕양구 행주내동 735-9
전화 | 031-979-6566~7
팩스 | 031-979-6568
이메일 | harmkke@hanmail.net

ISBN 978-89-7504-586-8 03810

고교생
레스토랑

오세웅 지음

함께
BOOKS

목차

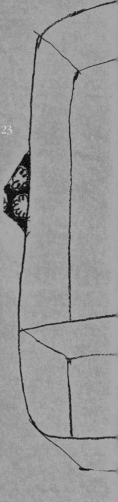

고교생 레스토랑?

독자 여러분이 물음표를 던지는 소리가 들린다.

내가 고교생 레스토랑의 존재를 처음 알았을 때 느꼈던 바로 그 물음표다. 처음에 고교생 레스토랑의 정체를 몰라 온갖 상상을 많이 했다. 혹시 애완동물 카페처럼 특정한 레스토랑, 즉 고교생만 입장 가능한 레스토랑일까? 그런데 과연 고교생 커플들이 디너를 즐기면서 콜라 등의 음료수(술은 합법적으로 팔지 못할 테니까)를 마시는 곳, 게다가 주변이 훤히 트이고 조명이 밝은 레스토랑일까?

자고로 고교생이라면 어둡고 은밀한 곳을 좋아한다. 고교생 복장을 한 종업원이 서빙을 하는 곳일 수도 있다. 야릇한 이미지를 풍긴다. 적어도 핑크빛 비즈니스에는 '레스토랑'이라는 시시한 보통명사를 붙이지 않는다. 아니면 그냥 레스토랑 이름이 '고교생 레스토랑'일까? 일본어는 발음이 똑같으면서 한자가 다른 글자가 많다. '고교생(高校生)'이 아닐 수도 있다. 고교생에 해당하는 일본어(こうこうせい)에 해당하는 한자를 찾아보니 고교생 말고도 '향광성(向光性)'이라는 단어가 있다. 식물줄기 등이 빛의 자극이 강한 쪽으로 구부러지는 성질이라고 뜻풀이가 되어 있다. 만보 양보해서 향광성의 뜻을 좁힌다고 치자. 햇빛을 따라 피는 '해바라기 레스토랑'이면 몰라도, '향광성 + 레스토랑'은 도저히 조합이 안 된다.

그렇다면 혹시 고교생이라는 지명이 아닐까? 일본의 어떤 지방에는 '농협'이라는 이름의 모텔이 있다. 실제 지방 농협에서 운영하는 모텔이다. 농사 짓는 방법도 여러 가지다. 지명이 '고교생'이라는 곳에 위치한 레스토랑? 불가능하지는 않지만 불가능에 가까운 불가능이다. 고교생이 오너인 레스토랑이 아닐까? 아니다. 고교생 신분으로 사업자등록증을 내고 돈을 받고 손님에게 요리를 내놓을 수 없다. 비합법적이다. 마지막으로 추리해 본다. '고교생'이라는 메뉴를 내놓는 레스토랑인지도 모른다. 영양 풍부하고 저칼로리에 고단백질인 요리. 사람들이 좋아할지도! 잠깐, 스파게티를 전문으로 내놓는 레스토랑이라고 스파게티 레스토랑이라고 이름 짓진 않는다. 개고기를 파는 음식점이 개 음식점, 짜장면이 주류라고 짜장면 식당이라고 이름 붙이지 않는다. 무면허라서 싼값에 임플란트를 해줘도 무면허 치과라고 버젓이 간판을 내걸진 않는다.

고교생 레스토랑. 실체가 분명치 않은 추리소설 같은 네이밍이다. 영화제목 같기도 하다.

'영화제목, 제목이라!'

영화, 소설에는 제목이 꼭 딸려 있다. 무제목이라는 책도 간간이 나오지만 어쨌든 '무제목'이라는 제목으로 도서등록을 한다. 가령 '어느 샐러리맨의 하루'처럼 대부분은 제목만으로 영화나 책의 내용이 예상되지만, '굿바이! 칠면조' 같은 제목이라면 감상하거나 읽고 나서 '아, 그래서 제목이 그랬구나!' 하고 고개를 끄덕이게 되는 것들도 있다.

　나는 고교생 레스토랑의 실체를 알고 나서 여지없이 고개를 위아래로 끄덕였다. 여러분에게도 그런 기회를 드리려고 한다. 안 드릴 수 없다.

　그럼, 모두 좌석에 편히 앉으세요. 조명이 꺼지고 스크린에 타이틀이 나타납니다.

　'고교생 레스토랑'

　지금부터 상영을 시작합니다!

주인공

무
라
바
야
시

토요일 오전 10시 25분. 레스토랑 오픈 5분 전이다.

주방에는 하얀색 조리모에 하얀색 조리복을 상하로 맞춰 입은 학생들이 일렬로 서 있다. 그들의 표정은 새로 맞춘 옷처럼 긴장감으로 꽉 조여 있다. 홀에는 접객 서비스를 담당하는 학생들이 입구를 중심으로 차렷 자세로 서 있다. 주방 담당의 학생들과는 달리 검정색 바지와 조끼 차림이다. 그 중 여학생들은 스튜어디스처럼 머리카락을 뒤통수에 가지런히 모은 헤어스타일이다. 주방 가스레인지 위에 놓인 큰 통에서 다시물 끓는 소리가 긴장의 숨통을 풀어준다.

주방 전면에 놓인 모니터를 통해 주방에 서 있는 학생들의 긴장감이 홀에도 가감 없이 전달된다. 주방과 홀의 가운데 서 있는 조리 클럽 부장이 양쪽에 서 있는 학생들을 둘러보더니 천천히 입을 뗀다. 오픈 전이면 빠짐없이 갖는 조례다. 늘 하는 일에 늘 새로운 마음가짐을 갖기란 여간해서 쉽지 않다. 조례는 그 두 가지 '늘'을 처음처럼 만들어주는 적절한 효과가 있다. 3학년생 조리 클럽 부장의 얼굴이 과녁이라도 된 듯 전원의 시선이 그에게 화살처럼 꽂힌다.

"오늘은 '하나고젠' 200인분, '손자 정식' 40인분, 예약 코스가 두 좌석 있습니다. 밖에는 이미 많은 손님이 줄을 서서 기다리고 계십니다. 오늘도 모두 혼신의 힘을 다해 손님들을 실망시키지 않도록 해주기 바랍니다."

조리 클럽 부장이 다짐이라도 받듯 시선을 일동 전원에게 골고루 돌리더니 그들만의 의식을 거행한다.

"그럼, 인사 연습 시작합니다!"

"어서 오세요!"

부장이 선창한다.

"어서 오세요!!"

"주문하신 음식 나왔습니다!"

"주문하신 음식 나왔습니다!!"

"고맙습니다!"

"고맙습니다!!"

간단한 연습인데도 딴딴하고 우렁찬 목소리에 주방이 울리고 홀이 들썩거린다. 부장이 모두를 향해 고개를 숙이며 오전의 행사를 마무리 짓는다.

"오늘 하루도 잘 부탁합니다!"

"잘 부탁합니다!"

조례가 끝나자 학생들은 꿀벌이 밀랍의 육각형 제자리를 찾아가듯 자신의 담당 구역으로 달려간다.

아침 10시 30분, 오픈 시간이다.

접객 서비스 담당이 긴장된 표정을 풀고 미소를 띠며 레스토랑 도어를 두 손으로 활짝 연다. 이미 밖에는 찾아온 손님들로 긴 줄이 늘어서 있다.

"어서 오세요!"

학생들이 손님을 능숙한 솜씨로 차례차례 빈 좌석으로 안내한다. 주방에 대기하던 학생들도 "어서 오세요"라는 인사에 맞춰 함께 인사를 건넨다.

"어서 오세요!"

손님들이 자리에 앉고, 홀 담당은 주문을 받아 주방에

전달한다. 주방의 하얀 조리복들은 일제히 맡은바 임무대로 채소를 썰고 국을 뜨며 튀김 준비를 서두른다. 이십여 명이 모인 주방이지만 마치 돌고래처럼 서로 부딪치지 않고 자신만의 물길을 솜씨 있게 따라간다.

고교생 레스토랑의 활기찬 하루가 시작된다.

식당 집 아들로 태어나다

중학교 2학년 때였다.

어느 날 저녁 식탁에서 그의 부친이 물었다.

"아들, 요리 만드는 것 좋아해?"

"예, 좋아해요."

부친은 아무렇지도 않게 물었고, 아들인 그도 아무렇지도 않게 대답했다.

"어른 되면 가게 물려받아라."

후계자 선정은 왠지 고난(스승이 후계자를 선정하지 않고 갑자기 죽는 바람에 수제자들 간에 벌어지는 치열한 경쟁과

음모 따위)이나 역경을 꼭 거쳐야 할 것 같다. 영화나 드라마처럼 승리의 월계관은 많은 눈물을 흘리고 난 후에야 쓸 수 있는 것인 줄 알았다. 아니면 최소한의 그럴듯한 형식이라도 있어야 했다. 그런데 이게 뭔가! 싱겁고, 무표정하게 부친은 그에게 가게를 이으라고 말했다. 마치 "잠깐 화장실 다녀올 테니 내 가방 좀 들고 있을래?"라고 묻는 투였다.

무라바야시는 1960년, 미에 현 마쓰자카시에서 일본 요리점을 경영하는 집안의 아들로 태어났다. 일본은 1960년부터 10년 동안 고도 성장기를 맞이했다. 국가 경제는 하루가 다르게 쭉쭉 뻗어 나갔다. 무라바야시가 태어난 1960년은 일본에서 처음으로 본격적인 컬러TV 방송이 시작된 해였다. 사람들은 벼락부자처럼 부를 축적했고, 길거리에 뒹구는 나뭇잎처럼 돈이 소비되었다.

부친의 음식점도 장사가 잘돼 늘 오가는 손님들로 북적였다. 당시의 음식점은 대개 살림집을 겸했다. 3층이 살림집이었지만 손님들이 많으면 거실도 되고 식당도 되었다. 한밤중까지 남아 있는 손님들 때문에 가족들은 선잠을 자기 일쑤였고, 술 취한 손님들은 제집처럼 들어와 아무데나 누워 아침까지 코를 골았다. 무라바야시는 초등학교 때부터 자주 손님들의 시중을 들거나 주방의 잔일을 거들었다. 전쟁이 발발하면 사격 연습도 못하고 곧장 전쟁터에 투입되는 신병처럼 그렇게 어른들 세계의 감각을 통째로 받아들일 수밖에 없었다. 머리로 따지거나 감성으로 저항해 볼 시간적 공간적 틈새는 전혀 없었다. 한밤중이라도 손님의 요청이 있으면 물수건을 갖다 주고, 주방에서 요리를 만드는 부모의 일손을 도와야 했다. 다행히 그는 음식 만드는 일을 좋아했다.

수업이 없는 날이면 주방에서 칼을 들고 아버지를 흉내 내어 요리를 만들어보곤 했다. 일본요리가 주메뉴라 스시, 회, 몇 개의 안주가 전부였다. 단단한 나무도마 위에 식재료를 올려놓고, 그 조그만 손으로 커다란 칼을 쥐고는 아버지가 요리하던 모습을 그리며 그대로 따라하려고 애썼다. 어설펐지만 식재료가 요리가 되는 마술같은 과정은 결말을 끝까지 모르는 추리소설처럼 재미있었다. 요리 기술이 한 권 한 권 그의 책장에 차곡차곡 경험으로 저장되었다.

호황기 덕분에 사람들은 흥청망청이었다. 매일 눈앞에 펼쳐지는 현실은 이곳저곳 바삐 불려다니는 광대처럼 정신없이 돌아갔다. 바다처럼 영원히 메마르지 않을 것 같은 풍요가 곳곳에 넘쳐났다.

대부분의 사춘기 남자아이들이 여드름과 스포츠에 골몰하듯 무라바야시도 중학생이 되어서는 오직 검도에 열중했다. 상을 받은 적도 있었다. 나중에 그가 요리사 수업을 할 때 검도를 배운 건 꽤 도움이 되었다. 단순하고 평범한 동작을 꾸준히 오래 계속하면 남이 범접하기 어려운 무서운 힘을 지니게 된다. 자신과의 싸움은 단순하고 평범한 일의 반복에서 판가름난다. 지겹거나 피곤하다고 당장 접는 사람이 많지만, 미래의 돌계단은 다름아닌 그 지겹고 피곤한 작업에서 하나씩 하나씩 쌓여간다. 여드름에 신경 쓰고 공부에 열중하는 대신 그는 호구 속에서 신선한 땀을 흘렸고 죽도를 잡은 손에 물집이 터지고 아물기를 반복했다.

　대학교에 진학할 계획이 없었기에 그는 중학교 졸업 후 마쓰자카 상업고교를 택했다. 고등학교를 마치면 집안의 대를 이어 음식점을 경영할 생각이었으니 쉬운 덧셈이었다. 미래의 공식이 '미래 = 과거 + 현재'라면 자신의 과거인 부친에 현재인 음식점을 더하면 소수점이나 반올림으로 고민할 필요는 없다. 미래라는 답은 과거인 부친에 현재의 음식점을 더하면 되는 것이다.

　'나의 미래 = 과거(부친) + 현재(음식점을 물려받는다)', 즉 고교를 졸업하면 부친의 음식점을 물려받아 장사하는 것이다.

선택의 여지가 없었던 게 아니라 선택의 색깔이 너무 뚜렷해 다른 색깔은 보이지도 않았고, 눈에 들어오지도 않았다. 너무 쉬운 문제풀이였다. 당시의 풍토로는 요리사가 되려면 중학교 졸업 후 남의 가게에서 잔일부터 배우는 게 일반적인 관행이었다. 이른바 도제 제도였다. 주방장(스승 혹은 장인)에게 배우려는 어린 제자들이 모인다. 제자들은 스승이 시키는 대로 일하며 오랜 세월 참고 기다린다. 마침내(영화나 소설에서는 하필이면 임종을 앞두거나, 중병에 걸릴 때가 많다) 스승은 수제자를 선발하여 자신의 기술을 아낌없이 전수한다. 물론 죽기 바로 직전에 숨을 헐떡거리며 전수하는 요리 비법이란 세상에 존재하지 않는다. 도제 제도 속에서 어린 나이에 음식점 주방의 힘든 일에 견디려면 사막의 선인장처럼 끈질기고 혹독한 갈증을 이겨내야 한다. 도제 제도는 폐쇄적이지만 집중적이고, 집중적이지만 노예가 시민권을 획득하는 것처럼 비좁은 문이었다.

쓸데없는 말이겠지만 고대 로마 시대의 장인(匠人)들은 대부분이 노예였다. 지금도 요리 세계는 지독한 갈증을 견뎌낸 사람들만이 빨간 선인장 꽃을 피운다. 그만큼 요리는 육체적 중노동에 버금가는 힘든 직업이다.

무라바야시는 음식점 겸 가정집에서 사는 이점이 있었다. 고교 졸업 후 아버지 곁에서 조금씩 일을 배우면 되는 것이다. 다행히 아버지는 다른 주방장들처럼 프라이팬으로 뒤통수를 때리진 않는다. 대형 음식점처럼 온종일 배추만 다듬지 않아도 된다. 게다가 이미 후계자는 자신으로 정해져 있다.

상업 고등학교는 후계자 수업에 알맞은 선택과목이었다. 적어도 매출장부는 자신의 손으로 써야 한다. 당시의 요리 세계에서는 고학력이면 오히려 꺼리는 풍조가 있었다. 많이 배운 사람은 손발을 쓰지 않고 머리만 놀린다고 믿었다. 요리사는 머리가 아닌, 손발을 부지런히 써야 스포트라이트를 받는 직업이다. 고무장갑을 껴야 할 손에 멍청하게 털장갑을 끼듯 손발을 써야 할 곳에 머리를 들이대면 곤란한 것이다.

꽃은 자신이 피울 자리를 골라
씨앗을 움트게 한다

"무라바야시를 대학교에 보내실 거죠?"

"내 아들은 고등학교 졸업하고 음식점을 도와야 합니다."

"학교에 가야 아이의 장래가 배로 확대됩니다."

"요리는 교과서로 배워지지 않습니다."

"요리는 교과서로 배울 수 있습니다. 교사인 제가 잘 압니다."

무라바야시의 담임은 시대를 읽을 줄 아는 사람이었다. 그래서 학생의 집을 직접 찾아와 학부모를 설득했다. 선생이라도 어떻게 된 일인지 가르치는 방법을 잘 알지 못하는 사람이 많다. 가르치는 방법도 배워야 한다. 무라바야시의 담임은 그가 나중에 요리교사가 될 것을 점찍어 놓은 듯이 자신의 일처럼 나서서 대학 진학을 권유했다.

무라바야시의 부친은 지극히 상식적인 사람이었다. 그는 아들의 대학 진학을 반대했다. 반면 그의 아내는 아들의 대학 진학을 찬성해 주었다. 담임선생님의 간청에 못 이겨 무라바야시의 부친은 찬성도 반대도 아닌 어정쩡한 몸짓으로 아들의 대학 진학을 승인했다.

덕분에 무라바야시의 고교 생활도 갑자기 바빠졌다. 그동안 학교 공부를 등한시했기 때문에 1년 남짓 남은 짧은 기간 동안 입시준비로 구슬땀을 흘려야 했다.

누구나 이유를 모를 때는 앞만 보고 달린다. 결승전에 1등으로 도착했을 때 목에 걸리는 화환의 감촉으로 경주마는 비로소 자신의 땀이 여러 사람을 즐겁게 해 주었다는 사실을 안다.

간신히 오사카경제법학대학이라는 다소 이름이 길고 왠지 다양한 분야를 섭렵할 것 같은 대학에 합격했다. 대졸 학력이 목적은 아니었다. 그는 어차피 대학교를 마치면 요리전문학교에 갈 심산이었다. 대학 재학 중에도 공부보다는 미리 실습한다는 생각으로 음식점을 전전하며 다양한 아르바이트를 경험했다.

"아버지의 뒤를 이어 음식점을 이을 생각입니다."

"그럼, 열심히 배워야겠네."

"많이 가르쳐주십시오."

"응, 알았어."

그는 아르바이트를 할 때마다 이렇게 자신을 소개하며 주인에게 머리 숙였다. 아르바이트 학생은 보통 갓 들어온 여자 경리사원처럼 쉽고 간단한 일만 맡는다. 요리는 부분의 합이 전체를 능가하는 치밀한 작업이어야 한다. 손님이 많아 백방으로 정신이 없을 때도 주방에서는 호들갑을 떨어서는 안 된다. 식재료가 떨어지거나 혹은 주문과 다른 요리가 나와 손님이 화를 내도 그 부분이 전체를 훼손시켜서는 절대 안 된다. 아르바이트 학생들은 그런 중요한 경험을 쌓을 일도 없고, 쌓을 분위기도 아니다.

손님의 평판은 음식점의 넥타이다. 너무 조이면 음식점이 질식한다. 아르바이트 학생들은 넥타이가 너무 조여오면 그곳을 떠나면 그뿐이다. 음식점만 질식사하게 되는 것이다. 아르바이트 학생들에게 중요한(질식사의 원인이 되는 것들, 예를 들어 클레임 처리나 생선회 뜨기 등)

일을 맡기지 않는 이유다.

그런데 어떤 주인들은 그의 부탁을 들어주었다. 보통의 아르바이트 학생들과는 다르게 대했다. 아르바이트 학생들은 몰라도 가르쳐주지 않거나, 어려운 일은 아예 시키지도 않았는데 그는 조금만 실수해도 심하게 야단맞았다. 프라이팬으로는 아니지만 뒤통수도 자주 얻어맞았다.

무라바야시는 한국식당에서 일할 때는 주인에게 냉면 만드는 방법을 가르쳐달라고 졸랐고, 전국적인 체인망의 대규모 레스토랑에서는 영업 비결을 배운다고 쫓아다녔다. 보는 것이 믿는 것이었다. 결혼식을 딱 한달 앞둔 예비신랑처럼 눈으로 보고 몸으로 익히는 시간은 빨리 흘렀고, 그의 미래는 탄탄대로처럼 보였다.

세상에 구름처럼 다양하고 바쁜 행태를 보이는 천연자원도 없다. 가벼운 깃털처럼 하늘을 떠다니다가 저녁놀을 만나면 석류 빛깔을 내며 거대한 부챗살을 펼친다. 옹기종기 모여 있던 작은 구름 덩어리가 궁지에 몰린 쥐처럼 갑자기 시꺼먼 먹구름으로 변해 한순간에 번개를 내리꽂는 소나기로 변한다. 삶에도 구름적인 요소가 가끔 있다. 대학교 3학년 때, 무라바야시의 부친이

뇌출혈로 갑자기 쓰러져 이틀 후에 세상을 떠났다.

"내가 음식점을 맡을 테니 넌 학교 마저 마쳐."

장례식을 마친 어머니는 살이 깨끗이 발린 생선처럼 수척했다.

"빨리 가업을 잇고 싶어요."

무라바야시는 그때까지만 해도 하루라도 빨리 아버지의 뒤를 이어 요리사가 되고 싶다는 목표밖에 없었다. 아버지가 돌아가셨으니 학업을 중단하고 당연히 가업을 이어야 한다고 생각했다. 다른 결론은 있을 수 없었다.

"졸업하면 요리전문학교에 들어가서 더 배워."

수척한 모습에 비해 어머니의 목소리는 큰북처럼 단호한 울림이 있었다.

무라바야시는 대학 진학 때와 마찬가지로 모르면 앞만 보고 달리기로 했다. 어머니의 충고를 받아들여 남은 학기를 채우고 대학교를 졸업했다. 그리고 오사카에 있는 요리전문학교에 입학했다.

살다보면 가물가물한 이정표가 간혹 나타난다. 사람들은 그것을 운명, 혹은 삶의 기로라고 부른다.

쓰
지
조
리
사　전
문
학
교

　　쓰지조리사 전문학교의 커리큘럼은 1년 과정이다.
이곳에서는 요리와 관련된 부분을 떠올릴 때 일반적이
고 상식적인 대답의 수준에 포함되는 실습과정, 즉 일
본요리 · 서양요리 · 중화요리 · 제과의 커리큘럼을 망
라한다. 프랑스의 '르 코르동 블루(Le Corden Bleu)', 미
국 뉴욕의 '더 큐리너리 인스티튜트 오브 아메리카(The
Culinary Institute of America)'와 더불어 세계 3대 요리전
문학교로 일컬어진다. 1895년에 설립된 르 코르동 블
루, 1946년에 설립된 CIA(우연히도 미국 첩보기관인 CIA와

동일한 약자이다)에 비해 1960년에 설립된 쓰지조리사 전문학교는 역사는 훨씬 짧지만 프랑스 요리와 일본요리 강습 수준은 가히 세계적이라 할 수 있다. 우연이지만 무라바야시가 태어난 해도 1960년이다.

쓰지조리사 전문학교는 기초부터 응용까지 제대로 배울 수 있는 일본 최고의 조리전문학교다.

요리(요리사)와 조리(조리사)의 차이점은 이렇다. 요리사는 손님에게 제공하는 결과물인 요리를 직접 만드는 사람이다. 조리사는 어떤 재료를 이용, 가공해서 요리에 이르는 과정을 주관적으로 맡는 사람이다. 요리가 포괄적이고 대중적인 의미라면 조리는 직접적이고 전문적인 용어로 쓰인다. "우리 엄마는 최고의 요리사!"라고 자랑하지, "우리 엄마는 일류 조리사!"라고 하지는 않는다. 텔레비전 프로그램도 '오늘의 요리'지, '오늘의 조리'가 아니다. 가령, 인스턴트 스파게티의 봉투 안내문에는 '물 500㏄를 팔팔 끓여 5분간 익힌 후 면의 익음 정도를 확인해서 드세요'라는 친절한 방법이 적혀 있다. 이때도 스파게티 요리법이 아닌 스파게티 조리법이라고 명기한다. 국가 혹은 단체에서 발급하는 자격증에도 '요리사'가 아닌 '조리사' 자격증이라고 적힌다. 취미로 요리를 배우는 사람은 요리학교에 간다.

직업이나 전문적인 강습을 원하는 사람은 조리학교에 등록한다.

쓰지조리전문학교는 보통 줄여서 '쓰지조'라고 부르는데, 매머드 규모로 한 클래스에 약 200명이 수강한다. 전체 학생 수는 1,400명 정도. 대규모의 수강생을 수용하는 만큼 워낙 교실이 커서 뒷자리에 앉으면 강사의 얼굴이 인형처럼 조그맣게 보인다. 수강생 중에는 아예 쌍안경을 지참하는 학생도 있다. 인형처럼 작게 보이는 얼굴이 문제가 아니라 정작 중요한 강사의 손놀림이 전혀 보이지 않는다. 쌍안경이 아닌 천체망원경이 절실할 정도다.

무라바야시는 입학 후 며칠 동안은 고개를 학처럼 쭉 빼고 강사의 설명을 들으려고 애썼다. 뒷자리에 앉은 학생들을 배려해 교실 네 곳에 실시간으로 강사의 조리과정을 보여주는 모니터가 달려 있었지만, 텔레비전 요리 프로그램처럼 생동적이진 않았다.

생각 끝에 강의 시작 30분 전에 도착하기로 했다. 하지만 어딜 가도 나보다 부지런한 사람들은 늘 존재한다. 강의실에 도착하면 이미 스무 명 정도가 앞자리를 차지하고 있다. 돈이나 권력으로 해결할 수 없다면 남은 재산은 시간뿐이다. 강의 시작 한 시간 전에 도착하니 그제야 앞자리에 앉을 수 있었다.

강의는 쓰지조의 명성에 걸맞게 대단히 수준이 높았다. 무라바야시는 어릴 때부터 집에서 조금씩 주방 일을 도왔고, 대학 재학 중에도 아르바이트를 하면서 곁눈질로 보긴 했지만 본격적으로 요리를 배우기는 처음이었다. 쓰지조의 강사진은 자신이 알고 있는 최고의 기술을 학생들에게 아낌없이 가르쳐준다. 아직은 수준 미달인 학생들이 이해를 하든 못하든 상관없다. 이를 테면 강습의 융단폭격이다. 강사의 입에서 마구 쏟아져 나오는 정신없는 강의를 학생들은 피할 길이 없다.

쓰지조의 학생들은 나무는 자세히 못 봐도 숲은 제대로 감상할 수 있다. 머리털 나고 처음 보는 식재료가 무궁무진했다. 그런데 지금 당장 손에 넣을 수 있는 최고의 식재료를 사용하는 게 쓰지조의 신조다. 매일같이 고급 식재료를 아낌없이 사용하는 실습이 이루어진다. 가령, 최고의 새우를 구하지 못했다고 해서 냉동새우를 쓰는 일은 결코 없다. 어떻게든 최고의 새우를 구입해서 실습에 사용한다. 오죽하면 무라바야시는 쓰지조를 졸업할 때까지 냉동새우를 다루는 법조차 몰랐겠는가! 쓰지조는 전임강사 이외에도 외부 강사를 많이 초빙한다. 최고의 요리사들이 강단에 선다. 텔레비전에 자주 출연하거나 베스트셀러 요리책을 출간한 그들이 눈앞에서 실제로 요리실습 장면을 보여준다. 백과사전에 '꿈의 학교'라는 항목이 있다면 바로 이곳일 것이다.

무라바야시는 강사의 일거수일투족에 오감을 곤두세웠다. 노트에 강사의 말을 빠짐없이 기록하며 미래를 채워 나갔다.

시간은 불친절하다. 늦게 오는 사람을 기다려주지 않는다. 어쨌든 지금의 자리에서 꽃을 피울 채비를 갖춰야 했다.

금은 지구상에 소량만 존재하기에 그 값이 비싸다. 금광을 찾아낸 사람은 절대 그 장소를 남에게 알려주지 않는다. 금을 원한다면 새로운 금광을 발견하거나 남의 금광을 도둑질하는 수밖에 없다. 당연히 도둑질이 편하다. 두말하면 잔소리다. 훌륭한 요리의 금광도 그렇듯 꼭꼭 숨겨져 있다. 예나 지금이나 어떡하든 그 금맥을 캐려는 사람에게만 꼭꼭 숨은 머리카락이 보였다.

일본 최고의 호텔인 제국호텔 총요리장조차 20대에 요리를 배울 때는 가혹할 정도로 폐쇄적이고 좁은 요리의 세계에서 힘들어했다. 프랑스 요리를 배울 때 선배들은 도둑질하는 후배에게 가혹했다.

그의 고생담을 잠시 들어보자.

초보자인 내게 선배들은 소스의 비결을 절대 가르쳐주지 않았다. 그런데 나는 어떡하든 그 비결을 알아내서 내 것으로 만들어야 했다. 궁리 끝에 나는 요리를 한 냄비나 프라이팬을 설거지하기 전 슬쩍 맛보기로 했다. 선배들은 그것마저 방해했다. 선배들은 요리가 끝난 냄비와 프라이팬을 설거지통에 넣기 전에 세제를 뿌려 거품 천지를 만들었다. 하지만 나는 끝까지 포기하지 않았다. 손님들이 다 먹고 난 식기가 설거지통에 들어가기 직전, 어떡하든 기회를 틈타 맛을 보고야 말았다. 그러다가 선배들에게 맞은 적도 부지기수였다.

쓰지조 이야기로 다시 돌아가자. 쓰지조는 어떠한 비법도 숨기지 않는다. 실습 시간에 요리가 완성되면 강사는 학생들에게 조금씩 맛을 보인다. 최고의 요리사의 손에서 탄생한 요리는 완벽한 케이크처럼 어느 부분부터 먹어도 동일하게 감탄을 자아낸다.

무라바야시는 최고의 요리사가 만든 요리를 맛보는

것만으로도 엄청난 충격에 휩싸였다. 요리의 세계에서 아직 그는 걸음마를 막 뗀 아기에 불과했다.

시식할 수 있는 양이 많지 않기에 운좋게 선택된 소수의 학생들(시간을 투자해 앞자리에 앉은 학생들이 그 혜택을 받았다)만이 그 특권을 자주 누렸다. 어쩌다 시식의 기회가 다른 학생들에게 돌아가면 무라바야시는 조금이라도 나눠 먹자고 빌다시피 해서 꼭 맛을 보고야 말았다.

혀는 다양한 근육운동이 내재된 장치다. 파충류의 혀는 공기 속의 냄새를 감지하는 감각기관의 기능을 갖추고 있다. 고양이의 혀는 몸을 깨끗이 손질하는 도구다. 사람의 혀는 엄마 젖을 빨아먹을 수 있게 입안에서 압축기처럼 쓰인다. 게다가 혀는 무한 임대창고다. 혀로 기억된 음식은 언제든지 끄집어낼 수 있고, 손상 없이 영구적으로 보존된다. 요리는 혀다.

무라바야시의 회상을 들어보면 당시 그의 심경이 고스란히 나타나 있다.

비록 아주 적은 양에 불과했지만 최고의 요리사가 만든 요리의 맛은 젖처럼 부드러웠고 두 뺨이 흐물거릴 정도로 솜씨가 탁월했다. 내 혀는 신성한 예술품을 맛보고 있었다. 그들은 내 눈에 요리의 신처럼 보였다.

음식은 배를 채우지만 정성 들여 만든 훌륭한 요리
는 마음을 배부르게 한다. 위가 채워지면 만족이지만
마음이 채워지면 행복감이 느껴진다. 그 감정은 극히
자연적이고 찰나적이어서 미처 눈치채지 못하고 지나
치는 수가 많다.

사람의 행복은 요리를 먹고 자랄 수도 있다. 고대 그
리스인들은 음식은 육체뿐 아니라 정신에 자양분을 공
급해준다고 믿고 편안히 기대어 앉아 음식을 먹으며 음
악과 시와 춤을 즐겼다. '사람들을 행복하게 만들어주는
요리를 만들고 싶다!' 희열처럼 솟구쳐 올라오는 생각에
무라바야시는 수업이 정말 재미있었다. 쓰지조의 시시
각각은 1분 1초도 허투루 보낼 수 없는 귀중한 시간들이
었다.

정규적인 강의가 모두 끝나면 따로 진행되는 보습시
간이 있었다. 수업이나 실습에서 미처 이해하지 못했
던 부분, 학생의 부족한 점을 강사가 일 대 일로 가르
쳐주었다. 정해진 규칙이나 틀은 없었다. 출석도 자유
였고 개인적인 연습도 제한이 없었다. 무라바야시는
보습시간을 적극적으로 활용해 요리의 기술적인 부분

을 꽤 많이 흡수했다.

보습시간에 나오는 학생들은 많지 않았다. 대개 저녁이면 아르바이트를 겸했기 때문에 나오고 싶어도 못 나왔다. 반면에 그는 모친의 충고에 따라 1년 동안 아르바이트는 하지 않고 오로지 요리공부에 전념했다.

누구나 인생에는 하나에 무섭게 몰두하는 시기가 있게 마련이다. 멈출 줄 알아야 달릴 수 있다. 요리공부에 멈추는 시간은 나중의 전력질주를 위한 웅크리기다. 지금은 모친의 배려에 대한 보답을 수행할 시기였다.

보답은 때론 의무라는 인내심으로 갚아 나가야 한다.

무대 뒤편은 화려하지 않다

"졸업하면 뭐 할 건데?"

쓰지조의 1년 과정은 매를 노리는 사냥꾼의 총처럼 빨랐다.

취직활동 기간이 되니 일본요리 담당강사가 그에게 물었다. 무라바야시는 쓰지조를 졸업하면 적당한 일본 요리점에 취직해서 몇 년 경험을 쌓고 가업을 이을 생각이었다. 어릴 때부터 자연스럽게 박힌 생각이라 막연하다면 막연한 계획이었고, 홀로 고생하는 모친을 돕겠다는 현실적이라면 현실적인 계획이었다.

"너처럼 대학교 졸업장이 있으면 일반 음식점에 취직하기 어려워."

"아직은 배워야 할 게 많은데요."

"쓰지조에 남는 게 어때? 처음에는 조교부터 시작하지만 최고의 강사들과 함께 하니까 돈 주고도 살 수 없는 경험이 될 거야."

담당강사의 말도 일리가 있었다. 그때까지도 요리의 세계에서는 고학력자를 경원시하는 풍조가 강했다.

모친에게 상담하니 "네가 하고 싶은 일이 있다면 그 일에 매달리는 게 좋아!" 하며 격려해 주었다.

무라바야시는 쓰지조 교직원 채용시험에 응하기로 결심했다. 그해 쓰지조에서 채용할 조교는 일곱 명이었지만 지원자는 무려 200명을 넘어섰다. 무라바야시가 1년 동안 한눈팔지 않고 열심히 공부했던 노력은 마침내 보상받았다. 많은 경쟁자를 물리치고 조교 채용시험에 합격한 것이다.

쓰지조의 신입조교 일과는 아침 6시 기상부터 시작된다. 6시 30분까지는 전체 교사(校舍)를 열고 사람들이 드나들 수 있도록 하는데 그 일이 끝나면 보일러를 지핀다. 지금의 보일러는 일회용 라이터처럼 버튼 하나로 쉽게 작동되지만, 예전엔 여러 복잡한 과정을 거쳐야 했다. 마치 탱크를 처음 운전해 보는 사병처럼 작동 순서를 적은 메모를 보면서 하나씩 신중하게 조작해야 하는 것이다.

보일러가 무사히 작동되면 접수대에 앉아 학교에 걸려오는 전화를 받는다. 이른 아침부터 학부모로부터 걸려오는 지각이나 결석 사유 등의 연락에 전화벨은 연신 울린다. 전화 담당은 8시 30분까지여서 그 후로 조교다운 업무를 내심 기대했다.

신입 조교는 거의 심부름꾼이다. 잡일에 불과하지만 갓난아기 기저귀 가는 초보엄마처럼 우왕좌왕, 실수투성이다. 실수한 만큼 선배에게 혼나고, 야단맞는다. 하루의 잡일이 끝나면 다시 전화 담당과 교사 전체를 점검하는 업무가 기다리고 있다.

쓰지조는 몇 동의 교사로 이루어졌는데, 무라바야시의 담당은 제2 교사다. 워낙 큰 학교라 8층 건물이 통째 하나의 교사다. 상상하기 힘들면 8층 건물이 몇 동 들어선 소형 아파트를 떠올리자. 바로 그게 쓰지조다.

조교는 1층부터 8층까지 교실을 일일이 점검한다. 제일 중요한 점검 항목은 가스 안전장치다. 실습실은 한눈에 들어오지 않을 만큼 여러 개의 조리대가 있고,

조리대마다 가스가 연결되어 있다. 8층 건물에 실습실이 꽤 많기 때문에 점검해야 할 가스 안전장치만 해도 수백 개가 넘는다. 1층이 끝나면 2층으로, 2층이 완료되면 3층으로 올라간다. 위층으로 올라가면서 모든 교실의 문과 창문, 비상구도 점검한다. 8층까지 힘겹게 올라가면 높은 산이라도 오른 듯 온몸의 감각이 저려온다.

신입 조교는 아침에 눈을 뜨면서 잠자리에 들 때까지 개인적인 시간이 전혀 없다. 바깥에서 바라본 쓰지조와 내부에서 일하는 쓰지조는 너무나 다른 두 개의 세계였다. 짝사랑하는 여자가 손가락으로 코를 마구 후비는 걸 본 기분이랄까. 현실은 무라바야시에게 사약을 하사했다.

'이럴 바엔 그만두는 게 낫겠다!'

조교 첫날밤, 주어진 업무를 마치고 곤죽이 되어 씻지도 못하고 침대에 뻗은 무라바야시는 그렇게 마음먹었다. 커다란 교실에 수강생이 꽉 들어차고, 값비싼 식재료와 넋을 잃게 만드는 요리강사의 솜씨는 쓰지조의 화려한 무대였다. 하지만 그 무대 뒤편에는 그 화려한 무대를 실수 없이 올려야 하는 허리 휘어지는 고된 노동만이 즐비했다.

'뭐라고 말하고 그만둘까?'

그 당시 무라바야시는 쓰지조를 벗어날 생각뿐이었다.

"안녕하셨어요? 연락도 못 드리고 죄송합니다."

무라바야시가 고등학교 3학년 때 담임선생님에게 전화가 걸려왔다. 바로 그의 대학 진학을 적극 권하며 작고한 부친을 설득한 분이다.

"지금 너희 음식점에서 한 잔 걸치고 있어. 뭐, 특별한 용건이 있어서 전화한 건 아냐. 그냥 잘 지내나 걱정도 되고 해서. 열심히 하고 있지?"

"열심히는 하고 있습니다만……."

"선생님도 그러길 바란다."

싱거운 통화였다.

사람의 운명은 깃털처럼 다가온다. 너무 가볍기에 바람에 휙 날려가도 그 존재를 눈치채기 어렵다.

무라바야시는 훗날 자신이 요리의 길에서 넘어지지 않았던 절대적인 이유를 '선생님도 그러길 바란다!'는 격려의 한 마디로 기억해 낸다. 그날 선생님의 전화가 걸려오지 않았다면 며칠도 못 가 쓰지조를 그만두었을 것이다.

세상일은 대체로 사소한 것이 운명을 가른다. 우리의 삶은 사소한 것들이 모여 총체적인 모습을 띤다. 그것을 우리는 인생이라고 부른다.

계
속
하
면

힘
이

된
다

조교 1년차는 본격적인 조교 업무가 없다. 강사와 함께 요리의 세계를 탐구하는 꿈 따위는 일찌감치 버려야 한다. 무대에 오르는 배우는 무대화장부터 시작하지 않는다. 연기 연습부터 한다.

쓰지조의 조교가 무대에 오르기 전에는 무조건 잡일 담당이다. 정해진 업무를 매일 꾸준히 반복한다. 1분이 멀다 하고 걸려오는 아침의 전화 받기, 8층 건물 등산 등 하루도 빠지지 않고 똑같은 일을 처리해야 한다. 그 지루함을 견디지 못하는 사람은 두 부류다. 하나는 힘들어서, 또 하나는 재미없어서다. 대개는 '힘들고 재미없어서' 그만두지만 사실은 지루함을 견뎌내는 끈기가 없어서이다. 지루함과 따분함은 외부로 책임을 돌릴 수 있지만 끈기가 없는 것은 고스란히 자신의 책임이다. 단순하고 지루한 일을 반복하는 저력을 일본인들은 '계속력(繼續力)'이라고 부른다.

조교 1년차라고 해서 아예 버려진 자식 취급하지는 않는다. 힘든 업무 중에서 유독 '보람' 있는 일이 하나 주어진다. 당직 선배와 밤늦게까지 잔업하는 강사를 위해 야참을 준비하는 것이다. 옷에서 떨어지기 직전의 대롱대롱 매달린 단추처럼 업무는 고되지만 야참 준비만큼은 정신을 바짝 차린다. 음식 만들기야말로 쓰지조에서 살아남기 위한 최고의 지표이기 때문이다. 그들은 모두 최고의 요리사인지라 혀의 감각이 탁월하다. 그들의 혀가 요리의 성적표가 된다. 그들의 혀는 두 가지 답만 내놓는다.

"맛있다."
"더럽게 맛없다."

상대가 맛없다고 숟가락을 던지면 보디 블로다. 자

주 맞으면 나중에는 무릎이 꺾여 주저앉는다. 상대가 맛있다고 인정해 주면 깃털이다. 그 깃털을 모으면 날개를 만들 수 있다. 신참 조교들은 최고 요리사들의 혀가 '맛있다'는 대답을 연발할 때까지 열심히 노력할 수밖에 없다.

야참뿐 아니라 낮에는 쓰지조에 근무하는 직원들의 점심도 준비한다. 사흘에 한 번은 혼자서 100명분을 준비한다. 당연히 점심시간에 맞춰 그 모든 준비를 끝내야 한다. 요리는 정확성이 요구되는 스피드 작업이다. 뜨거운 음식은 뜨거울 때 내놓고, 조리 후 5분 이내에 먹어야 맛있는 음식은 5분 이내에 반드시 테이블에 도착해야 한다. 요리의 적당함이란 무릇 디저트로 나오는 아이스크림처럼 줄줄 흐르지 않으면서도 너무 차갑지 않아야 한다. 정확성에 시간을 뺏기면 속도를 잃는다. 속도에 편중하면 맛을 놓친다. 훌륭한 요리사는 그 양쪽을 저울처럼 신묘하게 조절해서 평형을 유지시킬 줄 안다.

처음에는 시간에 쫓겨 당황한 나머지 실수도 많았다. 몇 개월 지나니 정확성을 감지하면서 스피드도 늘기 시작했다. 야참이나 직원용 점심식사를 만드는 일은 그대로 조교 평가에 반영된다. 평가가 좋을수록 잡일이 줄어드는 대신 조교다운 일이 많이 주어진다. 육체적, 정신적으로 힘든 조교 과정은 아무나 견디지 못한다. 어렵게 들어왔지만 1년 안에 몇 명쯤은 어깨가 잔뜩 처진 채 쓰지조를 떠난다. 앞으로 수십 년 요리사로 일해야 할 사람이 고작 1년을 못 버티는 것이다. 무대 출연만 바란 결과이다. 쓰지조의 훌륭한 강사들은 모두 잡역부에서 시작한 주연배우들이다. 처진 어깨로 쓰지조를 떠나는 자들은 꽃은 보되 뿌리는 보지 못한다.

무라바야시는 조교 2년차가 되면서 잡일에서 많이 해방되었다. 조교가 된 뒤 처음으로 그는 수업시간에 강사를 보조하는 업무를 맡았다.

첫날, 무라바야시는 설레는 마음으로 강사 옆에 섰다(강사 옆에 서기가 이토록 어렵다).

"회 떠놔!"

강사는 실습 도중 도미 한 마리를 손으로 가리키며 그에게 지시했다.

"예!"

그까짓 도미회 정도야 식은 죽 먹기다. 그런데 이게 웬일인가! 안 된다. 학생들 앞이라 더 잘해야 한다는 긴장감이 앞선 나머지 손이 부들부들 떨렸다. 당황할

수록 도미와 칼이 따로 논다. 춥지 않은데도 이마에 땀이 밴다. 그 모습을 보고 있는 학생들의 고개가 갸우뚱한다.

"그것도 못해! 이리 줘!"

강사는 화를 내며 칼을 잡고 능숙하게 회를 떴다. 갸우뚱했던 학생들의 고개가 제자리로 돌아갔다.

도미회를 못 떴다. 아니다. 몸의 요리화가 전혀 되어 있지 않았다. 요리사는 어떤 경우든, 어떤 상황이든 완벽히 해내야 한다. 눈앞에서 강도가 흉기로 위협해도, 10센티미터 옆에서 록밴드가 미친 듯이 헤비메탈을 연주해도 도미회 정도는 웃으면서 뜰 줄 알아야 한다. 복부에 보디 블로를 크게 한 방 맞았다.

무라바야시는 무릎을 꿇었다. 그러나 한쪽 무릎만큼은 세워 놓았다. 절치부심의 각오를 다지며 그날 밤부터 맹훈련에 돌입했다. 근무시간은 밤 11시까지였지만, 업무가 끝난 후 새벽까지 가장 기본적이고 기초적인 훈련을 반복했다. 하루 3시간 수면이 고작이었다. 자동 프로그램으로 조정되는 우주선처럼 지체없이 작동되는 요리사가 되어야 한다. 무라바야시는 이를 악물고 연습을 거듭했다. 쓰지조에서 제공한 기숙사 생활이라 별도의 돈은 들지 않았기에 월급을 털어 모두 연습용 식재료 구입비로 썼다. 의식하지 않고 발차기가 절로 나오려면 적어도 1만 번은 연습해야 한다. 프로는 1만 번으로 결코 만족하지 않는 사람들이다. 그러므로 1만 번의 실패는 꼭 필요하다. 프로는 그렇게 생각하는 법이다.

쓰지조는 학생들에게 일본요리, 서양요리를 막론하고 각국의 갖가지 장르의 요리를 가르친다. 실습용 식재료 담당자는 폭넓은 지식과 기술을 갖추지 않으면 강의에 대응하기 어렵다. 수업보조를 맡은 조교는 강사가 실습에 사용할 식재료 구입을 도맡는다. 식재료 구입 후 강의에 쓸 수 있게 다듬는 작업도 직접 한다. 김치를 잘 담그는 사람은 몇 시간이고 배추를 정성껏 다듬는다. 식재료 다듬기는 청소에서 먼지털기 작업과 흡사하다. 힘들고 숨이 막히지만 다음 단계의 청소에 없어서는 안 될 막대한 도움을 준다. 식재료 구입 과정을 꾸준하고 성실하게 반복하다 보면 계절에 맞는 식재료 정보에 도가 튼다. 시장에 나가 직접 식재료를 구입하면서 식재료의 원가나 유통과정도 익힌다. 사계절을 통해 꾸준히 식재료 구입을 반복하는 과정은 나중에 무라바야시가 정식 강사로 학생들을 가르칠 때 살아 있는 교육으로 되살아난다. 변속기의 메커니즘을 알면 자동차의 속도조절도 용이해진다. 쓰지조의 조교인 무라바야시는 하루하루 조금씩 성장하고 있었다.

꿈을 향해 걷는 길은 달콤하기도 하지만 못내 힘들고 고통스럽다. 지나보면 내 발자국이 남는다. 누구나 그 발자국의 숫자만큼 성장한다.

무라바야시가 쓰지조의 조교가 된 지 3년이 흘렀고, 4년이 얼마 남지 않았다. 이제 그만둘 마음 따윈 꿈에도 없었다. 알아갈수록 요리 세계의 깊은 맛이 느껴지고, 배울수록 탐구열이 불타올랐다. 쓰지조의 강사진은 명성만큼 탁월한 실력을 갖추고 있었다. 무라바야시는 틈만 나면 베테랑 강사들을 붙잡고 가르침을 청했다. 그들의 솜씨는 혀를 내두를 정도였다. 그들은 테크닉이 넘쳤다.

일례로 전복은 대부분 소금을 골고루 뿌려 수세미로 닦는다. 소금을 뿌릴수록 전복은 딱딱해진다. 하지만 특정한 요리에 사용되는 전복은 전혀 다른 방법을 취한다. 소금이 아닌 설탕을 뿌린다. 전복에 설탕을 골고루 뿌려 일정 시간 놓아두면 전복의 살이 물컹물컹해진다. 전복 살도 하얗게 변한다. 그러면 수세미로 닦는데 거기에 일본 술을 넣고 끓이면 믿기 어려울 만큼 부드러워진다.

　참신한 발상은 그 안에 수많은 실패를 내포하고 있
다. 좋은 스승이 곁에 있어서 좋은 점은 수많은 실패를
생략할 기회(전복에 설탕 대신 초콜릿이나 꿀을 뿌려본 사람
도 있지 않을까)가 몇 번쯤 주어진다는 것이다.

　사람들은 대부분 타인의 노력을 존중하는 대신 귀를
닫고 잘난 체하며 자신의 시간을 낭비한다. 훌륭한 스
승은 저절로 만들어지지 않는다. 제자가 준비되면 훌
륭한 스승이 나타난다. 쓰지조는 쓸만한 제자를 원하
고 있었다.

소중한 경험들

감독의 큐 사인이 떨어진다. 환한 서치라이트 조명에 눈살을 찌푸린 것도 잠시, 게스트들은 카메라를 향해 미소를 지을 자세를 갖춘다. 사회자의 짧은 인사말이 끝나자 카메라는 바로 오늘의 주역인 요리사 쪽을 향한다. 봉긋 올라온 새하얀 모자, 넉넉한 웃음을 띠고 있지만 부동자세를 연상케 하는 곧은 몸가짐. 보조 카메라에 오늘의 요리사를 도와줄 조수들의 모습이 얼핏 비친다.

미식가로 정평이 난 게스트들의 입맛을 만족시키려

면 최고의 요리사가 최고의 요리를 선보여야 한다. 30분 내에 두 가지 요리를 마련해야 한다. 편집도 없고 녹화도 없다. 날것 그대로 시청자에게 생생하게 전달된다.

조수인 무라바야시는 요리사가 최고의 요리를 만들수 있게 최고의 내비게이션, 즉 요리의 타이밍을 제공해주는 임무를 맡고 있다. 사막을 횡단하는 자동차 경주는 내비게이션 역할의 조수 임무가 막중하다. 순간적인 판단력이 뛰어나야 하고, 운전중의 레이서의 심리를 파악해 적절한 방향으로 유도할 줄 알아야 한다. 조수는 게스트가 대화를 나누고 있는 도중에 다음 순서를 정확히 준비해 카메라맨이 당황하지 않도록 준비를 마쳐야 한다. 요리사가 시청자를 상대로 요리 순서나 비법을 설명할 때도 부지런히 움직여서 요리사의 보이지 않는 손이 되어야 한다.

"끓기 시작하면 다져놓은 채소를 넣고……."

요리사가 시청자를 향해 설명하는 동시에 카메라는 신속하게 막 끓기 시작한 가스레인지 위의 냄비를 향한다. 이때 냄비가 김을 내며 끓고 있지 않으면 곤란하다. 조수는 요리사가 오늘의 요리를 친절히 설명해 주는 시간을 미리 재어서, 요리사가 "끓기 시작하면"이라고 말하는 순간에 바로 냄비가 끓게 만들어야 한다. 일주일에 한 번 있는 방송이지만 준비는 일주일이 걸린다. 손쉽게 만드는 가정요리가 아닌 요리사가 창작한 요리로 미식가인 게스트들의 평가를 받는 프로그램이라, 식재료 선정부터 여간 신경 쓰이지 않는다. 일본 최고의 조리전문학교 쓰지조 강사진이 출연하기에 시청자들의 기대도 높을 수밖에 없다. 매주 시청자의 눈을 휘둥그레 만들려면 요리사 자신의 역량도 최고로 밀집되어야 한다. 조수도 네댓 명이 따라붙는다. 요리사는 매주 창작요리 궁리에 여념없다. 쓰지조의 명예가 걸린 프로그램인만큼 식재료 선정에도 아주 신경 쓴다. 베스트 오브 베스트를 고집하는 것이다.

방송국 스튜디오에 조리기구를 완전히 갖추기는 어렵다. 방송시간의 제약도 있다. 실제로 2시간 이상이 걸리는 요리라도 스튜디오에서는 30분으로 압축해서 보여주어야 한다. 조수 중에서 리더인 무라바야시는 요리에 필요한 식재료 손질을 쓰지조에서 미리 끝낸다. 방송이 잡혀 있는 날에는 신중하게 손질한 식재료를 냉동장치가 구비된 슈트케이스에 넣고 쓰지조가 위치한 오사카에서 신칸센을 타고 텔레비전 방송국이 있는 도쿄로 향한다.

- 첫 번째 요리를 완성시키는 시간은?

- 조수는 어느 단계까지 도우미 역할을 하며, 어느 시점부터 요리사가 직접 시청자에게 요리 과정을 보여주나?

- 첫 번째 요리가 끝나고 두 번째 요리를 위화감 없이 부드럽게 연결해주는 타이밍은?

요리사가 시청자에게 프로의 면목을 보여줄 때는 모름지기 요리 기술이 재빠르고 화려해야 한다. 조수는 요리사가 손쉽게 움직일 수 있게 테이블 위의 세팅에 만전을 기한다. 도마를 닦는 행주는 진행 방향에 놓는다. 가령 도마를 닦을 때 행주를 왼손으로 잡는 요리사라면 왼쪽에 놓는다. 칼을 닦는 행주는 물기 어린 행주를 피하고 약간 건조한 것으로 준비한다. 요리 프로그램은 재방송은 있어도 재녹화는 없다. 실패 혹은 실수하면 그것으로 끝이다. 조수는 프로그램이 끝날 때까지 잠시도 방심하면 안 된다. 무라바야시는 방송이 끝나고 신칸센을 타고 오사카로 내려올 때 온몸에 무거운 납 갈고리가 수없이 달라붙은 느낌이었다. 몸은 천근만근이었지만 요리사의 특이한 습관을 읽는 능력, 타이밍을 재서 정확하게 순서를 처리하는 판단력은 요리 프로그램이 아니고는 배울 수 없는 소중한 경험이

어서 만족했다.

강단에 선 강사가 수업 진행을 매끄럽게 하도록 도와주는 역할도 순전히 조교의 몫이다. 강사가 감자를 깎으면 껍질을 담는 보조접시를 옆에 내놓고, 손을 닦을 물수건도 재빠르게 준비한다. 능숙한 조교는 강사가 지금부터 무엇을 하려는지 그 프로세스를 미리 읽고 있다.

"무라바야시는 조교 역할이 천하일품이야!"

언젠가 한 강사의 칭찬에 무라바야시는 자신의 요리 솜씨를 칭찬받았을 때보다 더욱 기뻤다. 단지 눈치가 빠른 것과는 다르다. 훌륭한 요리사의 자질은 요리의 흐름을 물고기 비늘처럼 정확히 감지하는 능력에서부터 비롯된다.

6년이 지나 무라바야시는 드디어 자신의 요리 세계를 확장해 준 쓰지조의 강사가 되었다. 이번에는 조교가 따라붙고 자신은 강의를 하는 입장이었다.

그런데 해보니 강사도 조교와 마찬가지로 바빴다. 그날 강의를 마치면 바로 다음날 강의 준비를 해야 했다. 쓰지조에서 수업을 듣는 학생 약 1,400명분의 실습 식재료를 관리하는 역할도 맡았다. 조교 때와는 달리 식재료 구입에 직접 나서지는 않지만, 식재료의 양이 조금만 모자라도 학생들 실습에 차질이 생기고 너무 많아도 쓸데없는 돈이 지출되기에 신경이 쓰이고 잔일이 많은 업무였다.

식재료 배분 업무는 밤 11시나 되어야 끝난다. 무라바야시는 자지 않고 새벽까지 자신만의 요리 훈련을 계속했다. 프로는 하루아침에 만들어지지 않는다는 사실을 그는 잘 알고 있었다. 지름길이 있다면 단순하게 반복되는 계단을 꾸준하게 올라가는 것이라고 그는 믿었다. 조교 생활이 배움의 과정이었다면 지금은 가르침을 위한 배움의 과정이었다.

1993년, 무라바야시는 서른세 살이 되었다. 쓰지조 조교생활을 한 지 꼭 10년째 되는 해였다. 조교생활 10년이면 실습뿐 아니라 이론 강의도 맡게 된다. 그는 비로소 쓰지조의 정식 강사가 된 것이다.

좋아하는 여자와 결혼해서 가정도 꾸렸다. 그는 실력을 인정받아 전국 각지의 요리강습회 강사로 빈번히 초청되었다. 쓰지조에서 강의를 하는 한편 전국을 돌아다니며 바쁜 나날을 보냈다. 안팎으로 충실한 나날들이었다. 시간은 참기름처럼 매끄럽게 흘렀고 미래는

푹신푹신했다.

전국각지로 요리강습을 다니다 보면 먹고 마시는 기회가 일반인보다 많게 마련이다. 그는 요리강습을 다니다가 부근에 소문난 맛집이 있으면 꼭 들렀다. 각 지방의 유명한 술도 맛보지 않고는 못 배겼다. 자신의 요리 강습회에서 만난 사람들과 요리를 가르치며 더불어 먹고 마셨다. 그러다 보니 몸무게도 100킬로그램으로 불었다.

어느 날 위통이 심해 병원에서 진찰을 받았는데 위에서 종양이 발견되었다. 위산은 상당히 강력해서 위 이외의 다른 부분에 닿으면 그 장기를 손상시킨다. 거의 매일 먹고 마시다 보니 위가 꽉꽉 차다시피 했던 것이다. 적재량을 초과한 화물차가 한쪽으로 기울면 사고가 나듯 위산이 흘러넘치면 위의 상부가 녹아내린다. 다행히 종양은 양성이라 얼마간 약을 복용하면서 견뎠다. 하지만 1년이 지나도 통증이 낫지 않아 수술을 받았다. 수술 자체는 잘 되어 3주 후 퇴원할 예정이었다. 그런데 수술 후유증이 만만치 않았다. 퇴원 후에도 쉴 새 없이 위통이 엄습했다. 그의 표현을 빌면 뻘겋게 달군 철판으로 배를 짓누르듯 무시무시한 통증이었다. 위뿐만 아니라 온몸이 고통으로 뜨겁게 타올랐다. 진통제 주사를 맞아도 잠시 괜찮을 뿐, 잠을 제대로 못 잘 정도였다. 음식을 먹을 수 없어 영양제 주사로 버텼다. 무라바야시는 그 시기를 지옥 같았다고 회상한다. 4개월 동안 투병하면서 100킬로그램의 몸무게는 딱 절반으로 줄었다.

지옥에서 귀환한 그에게 좋은 소식이 기다리고 있었다. 이전부터 희망해온 '쓰지 기술연구소'로 발령이 난 것이다. 쓰지 기술연구소는 쓰지조의 1년 과정 졸업 후, 요리공부에 더욱 정진하고 싶은 학생들을 위해 설립된 과정이다. 쓰지조와 마찬가지로 1년 과정이지만 본격적인 코스요리 등을 배우고 직접 만든 요리를 시식해보는 등 현장 시뮬레이션에 중점을 둔 커리큘럼으로 구성되어 있다. 무라바야시에게 쓰지 기술연구소는 대단히 재미있고 신나는 과정이었다. 큰병을 앓으면서 그는 내일이라는 날을 오늘과 똑같이 맞이할 수 없을지도 모른다는 사실을 비로소 깨달았다. 시간은 동일하게 흐르는 것 같지만 그 질감은 오늘과 내일이 분명히 다르다. 오늘 만질 수 있는 윤택한 감촉만이 온전히 내 시간이라고 말할 수 있다.

학생들을 열심히 가르치는 일에 매진했다. 선배와

동료들의 관계도 이전보다 돈독해졌다. 어떤 의미에서는 인생에서 가장 행복한 시기라고 할 수 있었지만 문득문득 의문이 들곤 했다.

'학생들이 내 강의에 정말 만족하고 있을까?'

쓰지조는 궁극적인 요리를 탐구하는 데 최고의 환경을 갖추고 있다. 이론의 여지가 없다. 마음만 먹으면 무라바야시 자신의 실력도 얼마든지 갈고 닦을 수 있었다.

그는 강단에 설 때마다 최선을 다해 자신이 습득한 지식과 기술을 학생들에게 가르쳤다. 어차피 요리의 기술을 가르치는 학교니 그것으로 족하다고 생각하면 그만이었다.

그런데 자꾸 다른 생각이 떠올랐다.

'요리에 들이는 정성이 기술만으로 습득될 수 있을까?'

이런 의문이 그의 뇌리를 떠나지 않았다.

꼭대기에 오르려면 꼭대기에 올라가는 자체가 목적이다. 막상 꼭대기에 오르면 왜 힘들게 올라오고 싶었는지 자문하게 된다. 힘들게 오르는 그 과정에 순수한 어떤 것이 결여되지는 않았는지, 꼭대기에 오른 것만으로 행복한지, 무라바야시는 그 가려진 의미를 캐내고 싶었다. 그는 쓰지조를 졸업하고 조교의 길을 택했고, 지금은 쓰지조의 베테랑 강사가 되었다.

그는 자신의 역할에 대해 끊임없이 자문했다.

'크게 내다본다면 요리기술뿐만이 아닌 훌륭한 인간으로 성장시키는 것이 진정한 요리 교육이 아닐까?'

일단 의문을 품기 시작하니 멈출 길이 없었다. 어쩌면 그의 제자리는 쓰지조가 아닐지도 모른다.

살다보면 종종 생각지도 않은 시련이나 고통을 겪게된다. 사고로 인해 죽음이 앞을 가로막는 수도 있다. 인간의 모든 노력을 허사로 만드는 순간이다. 그럭저럭 평탄하고 평온했던 삶이 순식간에 엉망진창이 된다.

평생의 운명, 그것과 만나는 방법은 오히려 갖은 고난과 불행 속에 숨겨져 있는지도 모른다. 그 방향은 이미 고향에서 불어온 바람이 알려주고 있었다.

신과 맺은 계약

누구든 태어나기 전에 신과 계약을 맺는다. 계약의 핵심은 태어난 목적이다. 다시 말해, 신과 합의한(계약이니까!) 태어나서 무슨 일을 하며 어떻게 살겠다는 합의사항이다. 그런데 그 계약은 신을 제외한 계약 당사자도 쉽게 알 수 없는 비밀 암호로 구성되어 있다.

계약은 했으나 그 내용은 잊어버리기 쉽다. 지나치게 삶이 팍팍하거나 지금 하고 있는 일 혹은 사업이 내 몸에 맞지 않는 옷처럼 불편하고 성가신 까닭도 어쩌면 신과 합의한 계약 내용을 준수하지 않았기 때문인지 모르다. 그러니 어떡하든 그 비밀 암호를 풀어야 하는 것이다. 하지만 비밀 암호를 푸는 과정은 그리 쉽지 않다. 절대적인 위기 상황에서 섬광처럼 떠올려야 할 때도 있다. 물론 힌트도 다수 숨겨져 있다. 눈에 뻔히 보이는 힌트도 있고, 어렵사리 찾아내야만 하는 힌트도 있다. 우리가 찾아내야 할 계약은 바로 '하고 싶은 일'이다. 하고 싶은 일은 하늘이 그를 불렀기에(calling) 듣는 메시지다. 하고 싶은 일은 그 사람 인생의 핵이 되는, 그러니까 인생의 테마인 것이다.

천성(天性)은 필연적으로 하고 싶은 일과 맺어진다. 하고 싶은 일을 발견하는 여정은 그 천성을 발휘할 곳을 찾기 위함이다. 하고 싶은 일은 이 세상에 태어나 수행해야 할 '나만의 것'을 가리킨다. 그 일을 찾는다면 신과 합의된 계약서를 미리 볼 수 있다. 신은 대단히 유머러스한 존재다. 왜냐하면 요정들의 장난처럼 우리가 지나온 과정에 그 계약서를 몰래 감추어놓았기 때문이다.

얼핏 스쳐 가는 것처럼 보이지만, 가만히 들여다보면 자꾸 뒤돌아보게끔 하는 일련의 우연이란 게 존재한다. 그때는 그저 '우연'이나 '운 좋은 기회' 혹은 '어쩌다' 따위로 대수롭지 않게 여긴다. 살다보면 대수롭지 않은 일도 왕왕 있기 때문이다.

그런 대수롭지 않은 우연들이 모이면 어떤 그림이 그려질까? 혹은 어떤 노래를 불러줄까? 단순한 우연(아마 한두 번)에 불과할 수도 있다. 어쩌면 너무 단순하고 밋밋해서 기억하지 못할 수도 있다. 그런데 단순한 우연으로만 치부하기에는 곤란한, 어떤 이유나 사정이 있지 않을까? 우연이 아닌 필연들도 반드시 존재할 것이기 때문이다.

그 진짜 우연(필연)들에 집중하자. 집중된 우연 속에 한 줄기 흐름은 없을까? 그것은 혹시 나조차 도무지 알 수 없는 목적지로 이끌려는 손짓이 아니었을까? 지능지수나 능력만으로 판단되지 않는 게 세상엔 수없이 많다. 가슴이 중요할 때도 있다. 그 속에 하고 싶은 일, 즉 신과의 계약이 숨겨져 있다. 하고 싶은 일을 신이나 운명, 천직, 혹은 사명이라고 불러도 상관없다. 어쨌든 '우연'이 연속되면 큰 흐름 속에 있다는 뜻이다. 필연은 그 모습을 우연처럼 가장하고 나타난다. 도무지 정체를 알아차릴 수 없다. 필연은 마치 연극배우가 무대 화장을 지우고 난 것처럼 그 실체를 드러낸다. 처음에는 강물처럼 그저 스쳐 지나가듯 멋모르고 지나친다. 그것이 따뜻한 강물이었다는 것은 어찌어찌 나중에서야 알게 된다.

　무라바야시의 '우연'으로 이야기를 다시 되돌려보자.
어느 날, 모친에게서 전화가 걸려왔다.

　"어떤 고등학교에서 식품조리과를 신설하는데 담당
교사를 찾는다더라."

　오우카(相可) 고교는 무라바야시의 고향인 미에 현에
서는 꽤 알려진 실업고등학교다. 실업고교는 졸업 후
즉시 취업이 가능한 인력을 양성하는 데 목적을 둔다.
무라바야시가 고등학생일 때는 오우카 고교에 가정과
가 두 반이나 있었다. 재봉, 요리 등을 가르치는 가정
과는 보통 여학생들이 선호했다. 고교 3년 동안의 가
정과를 마치면 나중에 결혼해서 가정주부가 되어도 쓸
모 있었고, 전문직은 아니지만 사회에 진출해도 어느
정도 생계수단은 되었다. 그런데 시대가 전문성과 차
별성을 요구하면서 가정과의 인기는 시들해졌다.

　오우카 고교는 발빠르게 가정과를 폐지하고 식품조
리과를 신설했다. 학교 측은 식품조리과를 마치면 바
로 요리사로 활약할 수 있을 정도의 수준 높은 커리큘
럼을 도입하려고 했다. 학생들을 잘 이끌 실력 있는 교
사가 필요했다.

모친과 통화한 지 며칠 후 무라바야시는 미에 현 교육위원회 소속 한 위원의 전화를 받았다.

"이번에 신설한 우리 학교 식품조리과에 전문적인 요리과정을 도입하려고 합니다. 쓰지조 같은 수준으로 끌어올려줄 분이 필요합니다."

무라바야시는 한 걸음 뒤로 물러섰다.

"고교생에게 요리기술을 가르칠 능력과 전문요리사를 양성하는 능력은 다릅니다."

악보도 읽을 줄 모르는 학생에게 오케스트라 지휘를 가르칠 수는 없는 노릇 아닌가.

"단지 요리기술뿐 아니라 요리를 대하는 마음가짐, 접객 서비스, 테이블 매너 같은 걸 학생들이 확실히 배웠으면 합니다."

끈질긴 그의 말에 무라바야시는 생각해 보았다.

'내가 태어난 고향에서 최고의 요리사가 되겠다는 꿈을 지닌 학생들을 제대로 가르친다. 요리기술에만 국한되지 않고 요리에 관한 기본적이고 성실한 마음가짐도 가르치는 전인격 교육을 실현한다?'

"식품조리과를 졸업하면 사회에 나가 즉시 활약할 수 있는 학생들로 키워주십시오."

얼굴도 모르는 교육위원의 끈질긴 부탁이었다.

무라바야시는 이 일이 앞으로 일생을 걸고 할 만한 가치 있는 일이라는 확신이 들었다. 그의 눈앞에 앞으로 가야 할 이정표의 글씨가 휙 스쳐 지나갔다

　그는 열심히 공부해 교원 채용시험을 치렀고, 10년 전 수많은 경쟁자를 물리치고 쓰지조의 조교가 되었듯이 정식으로 고등학교 교사가 되었다.

　때는 바야흐로 1994년이었다.

오우카 고교 식품조리과

무라바야시가 교사로 부임한 오우카 고교 식품조리과 제1기 신입생 40명이 입학했다.

식품조리과에는 조리사 코스와 제과 코스가 있다. 그가 담당할 조리과 코스의 신입생은 20명이었다. 모두 그 지방 출신이었고 졸업 후 바로 식당 등의 현장에 취직하려는 학생들이었다. 쓰지조만 해도 한 클래스 정원이 200명이었으니까 그 10분의 1밖에 안 된다. 소수정예이니 오히려 제대로 가르칠 수 있을 것이라 생각했는데 이제 막 쓰지조에서 벗어난 무라바야시의 큰 착각이었다.

당연한 일이지만 쓰지조의 예산과 현립 고교인 오우카 고교의 예산은 엄청난 차이가 있었다. 최고의 식재료를 사용하는 쓰지조에 비해 고등학교 식품조리과의 재료비는 한 번 실습에 400엔 이하로 책정되어 있었다. 현립고등학교라서 실습비를 올리려면 미에 현의 허가를 받아야 하는데 절차가 복잡했다. 관청에서 서류 하나 발급받는데도 이리 가라느니 저리 가라느니 얼마나 복잡한가 말이다.

실습시간도 학교 교육법에 따라 엄격하게 정해져 있었다. 요리실습만 할 수도 없었다. 일반적인 요리이론 수업도 반드시 병행해야 했다. 빈약한 예산, 비좁은 커리큘럼, 아직 어리디어린 학생들! 쓰지조의 단 한 시간 강의보다 총체적으로 품질이 떨어지는 현실이었다.

반면 쓰지조에는 없는 장점도 있었다. 쓰지조가 길어야 2년 과정이라면 오우카 고교 식품조리과는 3년이라는 풍부한 시간이 있다. 3년이면 전문학교 수준으로 실력을 키울 수 있는 시간인 것이다.

무라바야시는 자연스럽게 학생들을 이끌고 갈 실마리가 필요했다. 사실 그에게도 시간이 필요했다. 부임하고 몇 개월 동안 무라바야시는 실습시간을 채우는 것 말고 딱히 할 일이 없었다. 고교 교사라는 낯선 역할에 조금씩 적응하기에는 긴박하지도 느슨하지도 않은 그저그런 시간이었다.

"선생님, 요리대회에 나가려고 하니 지도 좀 해주세요."

어느 날, 한 여학생이 교무실에 찾아왔다.

"고등학생도 요리대회에 나가?"

쓰지조만 해도 수강생들의 요리대회 출전은 전무했다. 무라바야시는 고교생이 응모할 수 있는 요리대회가 있다는 사실을 처음 알았다.

여학생이 출전하려는 요리대회의 테마는 '쌀 요리'였다. 그녀는 파인애플 속을 파내고 그 안에 중국식 볶음밥을 넣은 동남아시아풍 창작요리를 구상하고 있었다. 요리를 담을 그릇도 대나무를 엮어 직접 만들었다고 했다. 하지만 정작 중요한 중국식 볶음밥의 맛이 기대를 채우지 못해 고민이었다.

이제 요리를 갓 배우기 시작했으니 당연히 기초도 부족했다. 그런데 실력은 부족하지만 대회에 꼭 출전하고 싶다는 열정만큼은 가득했다.

교사가 학생의 희망을 저버릴 수는 없지 않은가! 대

회가 얼마 남지 않은 시기라서 무라바야시는 수업이 없는 일요일마다 학교에 나와 여학생을 만났다. 요리의 맛을 봐주고 조언을 아끼지 않았다. 여학생이 만든 동남아시아풍 볶음밥은 꽤 맛있었으나 대회에서 입상은 하지 못했다.

튀어나온 못은 망치로 맞는다. 새로운 시도나 변화는 저항에 부딪히게 마련이다. 전혀 예상치 못했던 일이 발생했다.

따가운 시선과 힐난이 쏟아졌다.

"공휴일인 일요일에 학생을 나오게 했다면서요?"

한 교사의 추궁에 무라바야시는 어안이 벙벙했다.

"요리대회 지도 부탁을 받아서요."

"학교장 허락은 받았나요?"

그는 속으로 "아차" 싶었지만 덤덤한 얼굴로 고개를 저었다.

무라바야시가 일요일에 학교에 나와 대회에 출전하는 학생에게 요리지도를 한 일이 망치를 맞았다. 학생과 '쓸데없는 짓'을 했다는 게 튀어나온 못이었다. 심지어 어떤 교사는 전기료를 낭비했다고 험담했다. 동료 교사라는 자들의 입에서 나온 망치들이었다. 요리를 좋아하는 학생의 열정에 보답해서 교사가 그만큼의 열정으로 돌려주었을 뿐인데 사람들의 눈빛은 냉랭했다.

평소 동료 교사들을 보면 학생들을 너무 쉽게 판단하고 재단하는 경향이 농후했다.

"머리가 나쁜 애는 가르쳐봤자 헛수고라니까."

"쟤는 글렀어!"

이런 말을 예사로 했다.

교사가 대놓고 학생들을 깎아내리는 건 있어서는 안 될 언행이다. 설령 성적이 나쁘더라도 다른 잠재력을 이끌어내는 게 교사의 역할이자 임무인 것이다. 교육은 기능이나 지식, 도덕성을 가르친다는 뜻이다. 나쓰메 소세키가 소설 《도련님》에서 썼듯이 선생님이라고 부르는 것과 선생님이라고 불리는 것은 하늘과 땅만큼 차이가 난다.

교사들이 한 가지 잊고 있는 사실이 있다. 교육은 가르치는 게 아니다. 보여주는 것이다. 교사라는 직업은 공무원처럼 하려고 맘만 먹으면 할 일이 태산이고, 하지 않으려 들면 그것으로 끝난다.

'보여주는 선생님으로 불리고 싶다. 멀리 내다보는 사람은 풍요롭지만 바로 코앞만 바라보는 사람은 빈곤하다!'

무라바야시의 마음에 새로운 불길이 타올랐다. 불은 점화하기 어렵지만, 한번 타오른 불은 쉽게 꺼지거나 여간해서 수그러들지 않는다.

무라바야시는 오카야마 현(오사카 인근 일본 중부 지역)이 개최하는 '전국 산업 페어'에 전국 고교생 요리대회가 있다는 사실을 알고 참가할 학생 두 명을 선발해 수업이 끝난 후 맹훈련에 돌입했다. 오우카 고교 식품조리과의 이름을 내걸고 본격적으로 참가하는 첫 번째 전국 요리대회였다.

전국에서 많은 고교생들이 대회에 참가했다. 그런데 자세히 살펴보니 기본적인 조리법조차 익히지 못한 학생들이 많았다. 채썰기를 한 채소의 크기도 뒤죽박죽이었고, 생선회 뜨기는 한눈에 보기에도 엉성했다. 기초가 없다는 반증이었다.

무라바야시의 스파르타식 맹훈련이 주효했는지 오우카 고교는 첫 출전임에도 단체 3위로 입상했다. 돌아오는 길에 그는 참가 학생들과 함께 자축파티를 가졌다. 식품조리과가 생기고 1년도 채 안 되어 생긴 경사였다.

"선생님 고맙습니다!"

"너희들 정말 잘했다!"

사제간에 훈훈한 대화가 오고갔다.

지역신문도 오우카 고교 식품조리과의 요리대회 3위 입상을 지면에 실어주었다.

항해를 앞두고 바람의 방향이 정해지면 돛을 크게 부풀릴 일만 남는다. 그는 시간이 부족해 수업시간에 미처 가르치지 못한 부분은 보충수업을 통해 해결했다. 보충수업은 매일 수업이 끝나면 바로 진행되었다. 학생 개개인의 특성을 살펴보면서 취약 부분을 집중적으로 지도할 수 있어서 좋았다. 오늘 기초훈련을 시키고 다음날도 기초훈련을 반복했다. 손이 저절로 기억할 때까지 기초훈련은 계속되어야 한다. 어설픈 동네 야구 팀이 주목을 받으려면 많은 사람이 관전하는 시합에서 강팀들을 보기 좋게 꺾는 수밖에 없다.

요리대회 입상으로 한층 자신을 얻은 신임감독 무라바야시는 선수들을 더욱 혹독하게 몰아붙였다. 학생들의 일거수일투족에 무조건 관여했다. 튀어나오기로 작정한 못에 망치질을 하려는 사람은 이제 없어 보였다. 하지만 모든 것이 순조롭지는 않았다.

"선생님, 저 요리대회 포기할래요."

"오늘 일찍 가면 안 돼요?"

인내의 쓰디쓴 뿌리를 달게 삼킬 만한 나이가 아니

니 어쩔 수 없는 일이었다. 보충수업은 어디까지나 자율학습이다. 교사가 눈을 부릅뜨고 강제로 이끌진 못한다. 갖가지 핑계를 대고 학생들은 돌아가고, 횡한 공간에 남아 있는 학생은 두세 명뿐이었다. 그나마 무라바야시의 눈치를 살피느라 표정들이 어둡다.

그는 오우카 고교 식품조리과를 특별하게 만들고 싶었다. 뒤에서 자신을 험담하는 동료 교사들의 코를 납작하게 만들고 싶었다. 무라바야시는 누구보다 주위의 인정을 받고 싶었는지도 모른다. 하지만 어디까지나 학교의 주인공은 학생들이어야 한다. 감독이 함부로 무대에 올라와 주인공 역할을 대신할 순 없다.

교사들의 과도한 욕심이나 책임감이 도리어 학생들과의 관계를 멀어지게 하였는지도 모른다. 지나친 간섭과 개입이 학생들의 창조력을 망칠 수도 있다. 간섭을 줄이고 자유를 늘이는 방식은 합리적이고 미래지향적인 방식임에 틀림없지만 신생 팀일수록 자유보다는 간섭이 많아야 짧은 시간에 가시적인 성과를 낼 수 있다.

무라바야시는 고등학생들에게 주어진 3년이라는 시간을 다시 떠올렸다. 학생들의 3년은 어쩌면 일생을 결정짓는 시간이다. 학생들의 꿈과 미래는 반죽 같아서 외부에서 함부로 건드리면 모양이 쉽게 변한다. 학생들은 너무 많은 자유나 너무 심한 간섭 둘 다 싫어했다. 너무 많은 자유는 방향을 잃기 쉽고 너무 심한 간섭은 자유를 갈망하게 만든다. 그들에게는 자신들이 '스스로 원하는 간섭'이 필요했다.

무라바야시는 자신의 이정표를 일단 안으로 접고 그 방향을 학생의 미래에 맞추기로 했다. 그게 올바른 나침반이었다. 초심과 열정은 쌍둥이처럼 혼동하기 쉽다. 초심이 조금 앞서 태어나지만, 실은 열정이 먼저 만들어진다. 교사로서 학생을 대하는 자세가 초심이었다면, 요리라는 구체적인 교육을 통해 인격적 배움을 지향하겠다는 열정이 그를 오우카 고교로 이끌었다.

열정이 오래도록 타오르려면 화력을 조절해야 한다. 학생들이 요리대회에 나갈 때도 지금까지는 무라바야시가 응모작품을 정해주었지만, 앞으로는 출전하는 학생들 스스로 결정하도록 유도했다. 지도할 때도 간섭을 최소한으로 했다. 학생들이 창작한 요리에 대해서도 보다 맛있게 하려면 이런저런 방법이 있다고 힌트만 줄 뿐, 해답을 알려주진 않았다. 문제를 푸는 과정에 수학이라는 학문의 매력이 있다. 문제지 뒷장의 해답만 팔랑거리면 수학은 영원히 골치 아픈 과목으로 남는다. 본인이 스스로 깨달아야 가치가 있다. 혹여 요리대회에서 입상하지 못해도 어쩔 수 없는 일이다.

무라바야시 자신도 가르치면서 배운다. 학생들은 교사의 거울이다. 그가 찌푸리면 따라서 찡그리고 그가 포기하면 학생들도 따라서 쉽게 접는다. 그가 배우면 따라서 공부하고 그가 깨달으면 따라서 생각한다.

무라바야시의 뼈아픈 깨달음은 또 있었다. 식품조리과의 개설 목표는 졸업하면 즉시 전투력(요리실력)을 실전에 쓸 수 있는 인재 양성이었다. 졸업과 동시에 학생들은 스파링 없이 링 위에 뛰어들어야 하는 것이다.

요리 실력이야말로 학생들에게는 직업이자 생계 수단이다. 쓰지조에서 오랫동안 프로 요리사들과 함께 지냈던 무라바야시로서는 급한 마음이 앞섰다. 학생들의 장래를 염두에 두면 기초도 철저히 가르쳐야 했고, 테크닉도 일정한 수준은 심어주어야 했다. 그러다 보니 학생들을 꾸짖고 호통칠 때가 많았다. 아직 어린 고교생들에게는 그런 선생님이 그저 무서울 뿐이었다.

학생들에게 요리사라는 직업은 종이 위에 그려진 단독주택에 불과했다. 벽돌의 질감이나 동쪽 방향에 어울리는 나무, 햇볕이 잘 들게 하려면 서재 창문을 어떤 재질로 해야 하는지는 전혀 모른다. 그들의 머릿속에 담겨 있는 요리사는 어찌 보면 상상에 불과했고, 무라바야시는 단독주택을 많이 지어본 시공업자였다. 그의 의도 자체는 좋았지만, 학생들은 오히려 그의 실무능력에 위축되면서 관계나 배움에 적극적인 자세를 보이지 않았다.

상상과 현실이 만나면 처음에는 뒤죽박죽이 된다. 충분한 소통이 이루어진 다음에야 현실은 상상을 받아들이고 상상은 현실의 부조리를 감싸준다. 무라바야시는 처음에 학생들과의 관계에서 고전을 면치 못했다. 마음의 교류가 거의 이루어지지 않았으며 학생들을 변화시키려고 애썼지만 정작 그 자신의 변화는 없었다.

뒤로 물러나지 않으면 멀리 보지 못한다. 뒷걸음은 후퇴도 후회도 아니다. 자신이 밟고 있던 자리를 잠시 둘러보는 시간이다. 무라바야시가 너무 한 곳만 밟고 있었기 때문일까? 잔디는 무럭무럭 자라지 않았다.

식품조리과 담당 교사로 부임한 지 어느덧 1년이 지나고 2년째의 봄을 맞이했지만 성과는 전무했다.

조리 클럽

접혀진 시간, 왜곡된 시간이 있다면 쭉 뻗는 시간, 정직한 시간도 있다. 시간은 늘 그렇듯이 인간을 배신하지 않는다. 입력과 출력의 법칙에 따라, 시간의 항아리에 부은 만큼 그대로 만들어진다. 과거를 부으면 현재가 나오고, 현재를 부으면 미래가 나온다.

처음엔 시행착오가 많았지만 무라바야시의 열정은 슬슬 열매를 맺기 시작했다. 좋은 소식이 있었다. 신학기 인사이동 때 그의 대학진학을 적극적으로 도왔던 담임이 오우카 고교의 교감으로 부임한 것이다. 무라

바야시가 쓰지조 조교 생활이 너무 힘들어 포기하고
싶었을 때, 전화 너머로 격려해준 분이다. 무라바야시
는 뛸듯이 기뻤다.

"클럽을 따로 만들어 봐."

교감으로 부임한 은사의 충고였다.

정식수업에서 채우지 못한 부분을 무라바야시는 보
충수업에서 시도해 봤다. 그로서는 학생 모두를 한 가
지 목표로 이끌고 싶었다. 하지만 시간의 제약도 있고
열심인 학생과 그렇지 않은 학생이 섞여 있어 기대만
큼 효율적인 지도가 힘들었다.

"상업학교에 부기 클럽이 있듯이 보충수업보다는 클
럽 형식이 효과 있어. 진짜 열심인 학생들을 모아서 집
중적으로 해봐."

고맙게도 은사는 교사가 된 제자의 돛을 조정해 주
었다. 클럽은 어디까지나 자발적인 학생들의 모임이
다. 학교 교육의 취지를 벗어나지 않으면서 학생들이
순수한 땀방울을 흘릴 수 있는 곳이라야 한다. 자신은
왜 그런 생각을 하지 못했는지 무라바야시는 스스로가
한심했다. 그는 실습 담당교사여서 학교에서 클럽을
만들려면 이론을 가르치는 교사들의 허가가 필요했다.
교사들의 허가를 받으면 학생회에 신청한다. 처음 1년

간은 동호회 취급을 받고 2년 정도 되면 클럽으로 당당한 인정을 받는다. 클럽의 고문 역할은 해당교사가 담당한다. 가령, 클래식 기타 클럽이 음악회를 열어 지역 주민에게 음악을 선물하고 싶다면, 학생들이 그 지역의 경찰서에 연락을 취하는 것보다 고문 역할의 교사가 나서는 게 편리하다. 클럽은 일종의 작은 조직이다. 학생들이 경영과 실무를 도맡고 재정(학교의 보조금)도 관리한다. 신입사원(매년 들어오는 신입생)을 확보하는 데 애쓰고, 우수한 인재(학교에서 인기가 많거나 클럽에 걸맞은 뛰어난 재능을 보유한 학생) 영입에 몰두한다.

전국대회 스키 종목에서 매년 우승을 휩쓰는 고교 팀이 있다면, 그 학교에서는 스키 클럽이 다른 클럽을 압도하고 있다고 보면 된다. 그 학교의 대명사가 된 클럽이라면 분명히 남다른 이유가 있다.

요리 클럽 가입을 원하는 학생은 식품조리과에 제한되지 않고 다른 학과(보통학과, 환경창조과, 생산경제과)의 학생들에게도 열려 있었다. 나중에 전국적으로 유명해진 고교생 레스토랑은 이처럼 처음에는 아주 작은 몸부림에서 비롯되었다.

어쨌든 오우카 고교의 '조리 동호회'가 만들어지고, 내심 기대했건만 가입한 학생은 고작 여섯 명에 불과했다. 적은 숫자이지만 요리를 진짜 좋아하는 학생들이어서 무라바야시는 그들의 눈동자에 깃든 열정을 믿기로 했다. 매일 과제를 정해 꾸준히 기초연습을 시켰다. 지름길은 빠른 길이다. 지름길은 높은 산을 넘어야 하고 깊은 계곡을 달려야 한다. 그래야 원하는 목적지에 남보다 빨리 도달할 수 있다. 지금은 산이고 계곡이지만 목적지에 다다르면 그제서야 얼마나 빠른 길로 왔는지 실감한다.

그러는 와중에 요리대회가 가까워졌다. 한 달 남짓 남은 요리대회의 테마는 버섯요리. 출전할 학생을 식품조리과가 아닌 새로 만든 조리 동호회에서 한 명 뽑았다. 요리에 아주 열성을 보이는 여학생이었다. 그 여학생은 버섯줄기 안에 다진 고기를 넣은 창작요리를 구상했다. 먹어보니 꽤 맛있었다. 무라바야시는 필요 이상의 간섭은 하지 않았다. 간간이 조언만 해주는 정도였고 본인에게 완전히 맡겼다.

결과는 놀라웠다.

도쿄에서 열린 전국 고교생 요리대회에서 2등으로 입상한 것이다. 온전히 여학생 자신의 힘으로 이뤄낸 성과였다.

이 소식이 알려지자 조리 동호회에 가입하는 학생

수가 갑자기 늘었다. 식품조리과 학생들에게 미친 영향도 컸다. 먼저 수업을 듣는 자세가 달라졌다. 그들도 요리대회에서 멋진 성적을 거두고 싶었다. 학생이 준비되었다면 스승도 준비를 갖추어야 한다. 시간은 착실히 준비하는 사람을 결코 배반하지 않는다.

무라바야시는 시간을 들여 차근차근 학생들의 수준을 높여 나갔다. 조리 동호회 멤버뿐 아니라 식품조리과 학생들의 실력을 균일한 밀도로 채우는 데 힘을 쏟았다. 밀도를 높이고 압력을 가하면 반드시 끓어오른다.

1년이 지나 제1기 식품조리과 학생들의 졸업식이 거행되었다. 정신없이 달려온 지난 3년. 조리 동호회도 학교에서 정식 조리 클럽으로 승인받았다. 무라바야시의 마음속에는 오우카 고교의 식품조리과가 전국의 고교 조리과 중에서 넘버원이 되는 최종 그림만 남았다. 이젠 색칠을 할 때가 왔다.

인간의 미각은 제각각이지만 쓴맛·단맛·매운맛·짠맛의 네 종류만으로는 단언하기 어려운 또 다른 맛의 감각이 있다. 제5의 맛이라고 부르기도 하는데 우리가 일반적으로 '맛있다'고 느끼는 감각이다. 맛있다고 느끼게 하려면 일정한 범위에 들어간 맛이라야 한다. 무라바야시는 이를 '맛의 방정식'이라고 부른다.

창작과 현실의 틈새는 너무 멀리 떨어져 있으면 리얼리티가 희미해진다. 일반적으로 삶은 버섯요리는 간장과 설탕으로 맛을 낸다. 그런데 간장과 설탕 대신 캐러멜로 맛을 내면 어떨까? 결론부터 밝히자면 아주 참신하다. 캐러멜 맛은 간장과 설탕 맛에 가깝다. 사람들에게 위화감을 주지 않는다. 캐러멜로 맛을 낸 버섯 요리는 맛의 방정식에 들어맞는다. 오우카 고교가 요리대회에서 우승한 작품 중에 '된장절임 고등어 크로켓'이라는 요리가 있다. 일반적으로 고등어는 된장으로 맛을 낸다. 만일 고등어가 아닌 꽁치를 된장으로 절여 만든 크로켓, 즉 꽁치와 된장을 조합했다면 마이크로소프트와 애플의 소프트웨어처럼 전혀 맛이 호환되지 않는다. 오랫동안 사람들의 혀를 단련시킨 '고등어 + 된장'이라는 강력하고 오래된 기억의 카테고리에서도 한참 벗어난다. 고등어가 아닌 꽁치였다면 우승하지 못했을 것이다.

요리대회는 그때마다 정해진 테마로 경합하기에 소재와 맛내기가 승부를 가르는 관건이다. 하지만 창작요리는 새로운 아이디어가 반드시 포함되어야 한다. 제5의 맛을 꽉 잡으면서 신선한 시도가 필요한 것이다. 창작요리의 재밌고도 어려운 부분이다.

무라바야시는 시간이 걸리더라도 학생들에게 기초연습을 철저하게 시켰다. 기초는 몸으로 치면 하체와 같아서 부실하면 상체가 아무리 발달해도 모래성처럼 무너진다. 기술은 기초가 단단해야 비로소 그 진가를 발휘한다.

당연하게도 학생들의 요리기술은 몰라보게 향상되었다. 고교생 요리대회 우승을 바라볼 만큼 자신이 붙었다. 고교야구대회 우승처럼 고교생 요리대회 우승은 많은 이들의 주목을 받았다. 시푸드 요리 콩쿠르 우승. 영 라이스 쿠킹 콘테스트 우승. 고교생 쿠킹 콘테스트 최우수상 등. 오우카 고교 식품조리과가 전국을 제패하고 있었다. 오우카 고교의 오른편에 나설 자가 없을 정도였다. 쓰지조에 있을 때는 요리강사를 하면서 위가 상했지만, 이번에는 요리대회에 참가하는 학생들이 서로 맛을 봐달라고 요청하는 통에 무라바야시의 위가 다시 부상을 입을 지경이었다. 전국 최고를 목표로 삼았던 무라바야시의 꿈은 어느새 꽃을 피워 주렁주렁 열매를 맺고 있었다.

승자의 독식은 패자의 분노를 불러일으킨다. 종종

85

집단적인 저항으로 나타나기도 한다.

언제부터인가 오우카 고교는 요리대회에서 우승컵을 한 번도 가져오지 못했다. 오우카 고교 학생들의 실력이 너무 월등하기 때문에 여기저기서 질투 섞인 불평이 쏟아졌다. 아예 심사위원 특별상을 제정해 오우카 고교는 무조건 특별상만 받도록 만드는 이상한 룰이 제멋대로 생겼다. 오우카 고교는 전문조리 과정이라 타교의 학생들이 불리하다는 게 표면적인 이유였다.그런데 오우카 고교 말고도 전문조리 과정이 있는 학교들이 많이 출전했다. 오우카 고교가 너무 뛰어나서 다른 학교나 학생들의 입상 기회를 빼앗는다는 얼빠진 이유는 2년이나 계속 통용되었다.

오우카 고교 학생들의 요리대회 입상 불가능 상황이 계속되었지만 무라바야시는 참는 수밖에 없었다. 학생들에게 요리대회는 꼭 입상만이 목적이 아니다. 전국에서 모인 또래 학생들과 기량을 겨루면서 자신의 실력을 객관적으로 바라볼 수 있는 것만으로도 충분하다. 요리대회를 준비하면서 창의력을 키우고 개성을 살릴 방법을 부단히 찾는 보람도 있다. 고교생이 자신의 특기를 살려 도전해서 부딪쳐볼 기회는 그리 많지 않다. 하지만 학생들에게 전국대회 입상이라는 영광은 정말 대단한 자부심이 아닐 수 없다.

무라바야시와 그의 제자들은 언젠가의 그날을 기대하며 공부와 실습에 힘을 쏟았다. 요리를 정말 좋아하는 그들이었기에 참을 수 있었고 더 열심히 공부했다.

그동안 전국의 고교에 많은 조리과가 신설되었다. 자연스럽게 오우카 고교 우승 배제의 쇠사슬도 풀렸다. 때를 만난 영웅처럼 오우카 고교의 실력은 압도적이었다. 비교 상대가 없을 정도로 독보적이고 학생들의 실력은 독창적이었다.

몇 군데 언론이 관심을 갖고 오우카 고교를 취재했다. 보자기로 덮어씌운다고 해서 황금 빛깔이 사그라지지 않는다. 이제는 오우카 고교 식품조리과 학생들처럼 아예 튀어나온 못이 되거나, 쓸데없는 망치질을 접어야 했다.

뒤에서 끈질기게 험담하던 동료 교사들도 이쯤 되자 끽소리도 하지 못했다.

주인공

기시카와

다키초 공무원 기시카와

"식품조리과 학생들 레스토랑 건입니다만."

"또 그 이야기야?"

좌중의 여러 사람이 면박을 준다.

기시카와의 표정이 잠시 굳어진다. 둘러봐도 누구한 사람 그의 편을 들어주지 않는다. 똑같은 안건을 제시한 지 벌써 3개월째다. 햇볕에 시꺼멓게 그을린 주름살투성이의 노인들은 한 치의 양보도 없고, 귀를 기울이는 기색이 조금도 없다.

다키초(多氣町) 위원회는 한 달에 한 번 열린다. 기시카와는 다키초 농림상공과 소속 공무원이다. 다키초는 미에(三重) 현에 속하는데 미에 현은 일본 지도를 정면에서 바라보았을 때 오른쪽 옆구리쯤에 해당한다.

교토나 나라처럼 지자체 산업을 이끌어가는 주역은 관광이다. 미에 현은 해산물과 농작물이 풍부한 곳이다. 다키초는 바다를 끼고 있는 다른 지역과는 달리 미에 현의 거의 중앙에 위치한 내륙지방이다. 인구는 1970년에 16,000명이었고 2012년 현재 15,000명 정도다. 인구가 거의 줄지 않은 이유는 그동안 주변의 읍·촌과 통·폐합을 거듭했기 때문이다.

전철을 이용하면 나고야에서 1시간 30분, 오사카에서 2시간 거리면 다키초에 갈 수 있다. 다키초 위원회는 정확히 표현하면 고카쓰라이케(五桂池) 위원회다. 일본어인 '이케[池]'는 연못이나 작은 웅덩이라는 뜻도 있지만 여기서는 농작물용 저수지를 말한다. 고카쓰라이케는 고카쓰라 저수지라는 뜻이다.

고카쓰라이케 자치단체는 1984년에 구성되었다. 당시 '고카쓰라이케 마을 살리기'라는 프로젝트를 진행하면서 행정기관인 다키초가 고카쓰라이케 유원지 투자를 담당했다. 초기 투자만 다키초가 맡고 그 후의 운영은 고카쓰라이케 마을 주민에게 일임했다. 망하든 흥하든 마을 주민들의 손에 맡겼으니 당시로서는 꽤 특이한 행정 방식이라고 할 수 있다. 촌장을 겸임한 초대 고카쓰라이케 위원장은 다키초 출신으로 중소기업을 오랫동안 운영하다 은퇴해 마을 살리기의 책임을 맡았다. 고카쓰라이케 주민들은 저수지를 충분히 활용할 만한 유원지를 구상했다. 다키초는 저수지가 많은데 그중에서 고카쓰라이케가 가장 크다. 주위 4.5킬로미터, 면적 19.5헥타르로 경기도 일산 호수공원의 호수 크기에 비교하면 3분의 2쯤 되는 면적이다.

고카쓰라이케 위원회는 지역주민들이 편하게 즐길 수 있는 유원지에 목적을 두었다. 저수지에서 보트놀이와 낚시를 즐길 수 있게 했고, 저수지 주위로는 미니 골프 코스와 방갈로를 세웠다. 소규모 동물원도 갖추고 식당과 지역농산물을 전문으로 판매하는 매장도 갖추었다.

1984년 고카쓰라이케 위원회가 발족한 이래, 유원지 경영은 단 한 번도 적자가 나지 않았다. 수입과 지출이 딱 맞아떨어지는 평행선도 아니었다. 말 그대로 매년 흑자였다. 어쩌면 선조의 서러운 눈물 덕분일 수도 있다. 다음에 소개하는 고카쓰라이케의 옛날 이야기를 들어보면 고개를 끄덕일 수밖에 없을 것이다.

약 3백 년 전, 고카쓰라에는 가뭄이 극심했다. 논바닥이 쩍쩍 갈라지고 마을 사람들의 한숨은 바위처럼 무거웠다. 기우제도 지내봤지만 소용없었다. 그 지방을 다스리는 영주도 별 뾰족한 대책이 있을 리 없었다. 어느 날, 중앙영주가 보낸 사신이 찾아왔다. 매년 바치는 연공을 늘리라는 지시였다. 지방영주는 어려운 사정을 설명했지만, 사신은 요지부동이었다.

"그렇다면, 저수지를 만드시오."

"저수지라니요? 대체 어디에?"

"산과 산 사이의 분지에 만드는 게 이상적이라고 사료되오."

며칠 지나 고카쓰라 마을 입구에 못 보던 나무 푯말이 세워졌다.

'이곳에 저수지를 만들 것을 명하노라.'

마을 사람들은 지방영주를 찾아가 하소연했지만, 중앙영주의 지시를 마음대로 어길 수는 없었다. 당시의 계급사회에서 지시 불복종은 죽음을 의미했다. 마을 사람들은 눈물을 머금고 태어나고 자란 고향을 떠나야 했다.

저수지는 6년 만에 완공되었다. 완공되던 해에 하늘

은 억수같은 비를 보내주었다. 고향을 억지로 떠나야
했던 사람들의 눈물이었을 것이다. 그 후 고카쓰라이케
는 인근 마을 사람들의 물 걱정을 해결해 주었다.

고카쓰라이케는 이제 선조
들을 생각해 그 몫을 차분히
후손에게 돌려주는 장소로 다
시 태어나야 했다.

기시카와가 처음 위원회 모
임에 참석했을 때, 위원들인

코카쓰라이케 저수지

촌로들의 입에서 경영 전문용어가 거침없이 쏟아져
나오는 광경을 마주하고 깜짝 놀랐다. 대기업 경영회
의 같다는 인상을 받았던 것이다. 대리석처럼 틈새 없
이 잘 짜인 조직을 설득하려면 망치만으로는 어렵다.
오히려 그들의 아량을 구해야 할 경우가 가끔 있는 법
이다.

6개월 동안 매달 위원회에 참석하면서 고교생 레스
토랑 건을 꺼내봤지만 소득은 제로였다. 고카쓰라이케
위원회는 행정기관의 지원을 한 푼도 받지 않는 순전
한 자치단체이기에 아무리 공무원이라도 감 내놔라,
대추 내놔라 할 수는 없었다. 승낙을 얻을 때까지는 조바심이 아닌 인내가 요구되는 것이다.

2002년, 기시카와는 다키초 마을 살리기 프로젝트의 하나로 '맛있는 페스티벌'을 기획했다. 페스티벌은 1부와 2부로 구성되었는데 1부는 다키초 특산물 이세(伊勢)참마를 살린 요리 라이브였다. 매스컴에 자주 출몰하는 요리연구가를 초빙해서 리얼타임으로 요리를 만드는 과정을 보여준다. 2부는 다키초 농산물 시식회였다. 당시 기시카와는 지역 특산물인 이세참마를 활성화시킬 방안에 골몰하고 있었다. 어디까지나 1부가 메인이었고 2부는 맛을 음미할 수 있는 기회로 구색을 맞췄는데 지역 농산물로 멋진 메뉴를 만들 적임자를 구하기가 쉽지 않았다.

기시카와는 신문기사에서 스치듯 읽었던 오우카 고등학교를 떠올렸다. 식품조리과 학생들의 활약이 대단해서 담당 교사에게 부탁하면 될 듯싶었다.

2002년 2월의 어느 날, 기시카와는 오우카 고교를 찾아갔다.

"다키초 농산물의 시식회를 개최하려는데, 선생님께서 좀 도와주실 수 있는지요?"

기시카와는 무라바야시라는 담당교사와 인사를 마

치자마자 단도직입적으로 물었다.

무라바야시 생각에 시식회 요리는 안 해봤지만 재미있을 것 같았다. 학생들 실습에 도움이 될지도 모른다.

"시식하는 농산물은 몇 가지나 됩니까?"

"스무 가지 정도입니다."

"다키초 농산물을 홍보하는 자리라면 당연히 도와드려야지요."

"고맙습니다. 간단하게 해주시면 됩니다."

기시카와는 사실 큰 기대는 하지 않았다. 자신의 제안에 응한다면 학교를 찾아온 목적은 달성하는 것이다. 그럴듯하게 모양만 갖춰주면 된다. 기껏해야 애송이 고교생들이다.

무라바야시는 즉시 준비에 착수했다. 기시카와에게 시식 농산물의 리스트를 받아 어떤 맛을 낼지 하나씩 검토했다. 학생들도 자신들이 살고 있는 땅의 농산물로 요리를 만들어 볼 수 있다는 사실에 즐거워했다.

"많은 분들이 시식할 요리니 정성을 다해 만들어야 해. 너희들이 주민들에게 인정받을 수 있는 절호의 기회야!"

무라바야시는 당부를 잊지 않았다.

'맛있는 페스티벌' 1부인 지역특산물 이세참마 요리

라이브가 끝나고 2부인 지역농산물 시식회가 예정대로 열렸다.

"진짜 이걸 고교생들이 만들었나요?"

슈퍼마켓 시식코너에서 이쑤시개로 맛보는 그야말로 간단한 음식만 상상했던 기시카와로서는 학생들의 실력이 이 정도일 줄은 상상도 못했다.

기시카와는 음식을 맛보며 강아지를 처음 본 갓난아기처럼 두 눈이 휘둥그레졌다.

"보시다시피."

하얀색의 조리복을 단정히 입은 무라바야시가 뒤편에 나란히 서 있는 학생들을 가리켰다. 스페인 스타일의 오믈렛을 비롯해 디저트까지 웬만한 호텔 버금가는 수준이었다. 그날 200명 정도의 손님이 참석했는데 한결같이 놀랍다는 반응이었다. '기껏해야 고교생'이라는 일반적으로 통용되는 선입견이 자라목처럼 쑥 들어가게 만드는 일대사건이었다.

"어서 오세요! 다키초에서 생산된 채소로 만든 요리입니다!

학생들이 손님을 부르는 우렁차고 청명한 목소리가 울려 퍼졌다.

기시카와는 무라바야시의 팔을 꽉 잡았다.

"선생님, 저 오늘부로 오우카 고교의 팬이 되었습니다. 나중에 학교에 놀러 가도 되겠습니까?"

무라바야시는 기분좋게 고개를 끄덕였다.

꿈을 준비하다

농산물 시식회가 끝나고 2주 후에 기시카와는 오우카 고교를 방문했다.

용건이 있었다.

"선생님, 이번에는 상품 개발을 좀 도와주시겠습니까?"

다키초에는 300년 전부터 재배해 온 이세참마라는 특산품이 있다. 이세참마는 기시카와가 기획한 '맛있는 페스티벌'에서 요리 라이브를 벌인 주역이다. 소박한 맛, 높은 영양가로 전국적으로 꽤 인기가 높다. 소화 흡수가 뛰어나서 과식을 해도 위가 느끼지 못할 정도다.

일반적인 마는 강판에 갈고 시간이 지나면 색이 거무칙칙하게 변한다. 이세참마는 요리를 하는 도중이나 요리 후에도 유백색의 색깔 그대로다. 최고급 레스토랑에서 선호하는 이유다. 시중 판매가격도 600g에 우리 돈으로 2만5천 원이 넘는다. 다른 지역처럼 농사를 지을 청년들이 부족해 이세참마를 경작하는 농가의 연령대는 높았다. 고령화가 심각했다.

이세참마의 수요가 높은 것에 비해 공급이 턱없이 부족하니 일손은 물론이고 전통적인 이세참마의 다양한 응용이 절실했다.

"이전에 이세참마를 분말가루로 만들어 과자에도 응용해 보고 여러 시도를 해봤지만 모두 실패했거든요."

기시카와는 이세참마를 응용한 새로운 식품 개발을 추진하고 있었다.

"그래서 우동을 만드시기로 했나요?"

기시카와가 일전에 시험 삼아 만들어보니 우동 맛이 꽤 독특하고 신선했다.

"우동 면의 개발은 식품회사가 맡지만, 오우카 고교 식품조리과에서 아이디어를 좀 내주면 어떨는지요?"

"우동을 만만히 봤다가는 실패하기 십상이에요."

"저도 충분히 알고 있습니다. 하지만 우리 마을을 살리려면 로망이 필요합니다!"

기시카와가 힘주어 말했다.

무라바야시는 '로망'이라는 말에 마음이 움직였다. 남자에게 로망이란, 여자의 영원한 사랑이다. 불태워 보고 싶은 절대적 숙명이다. 화산폭발이 발생하면 끓어넘치는 용암을 촬영하기 위해 불 속에 뛰어드는 과학자들이 있다. 그들이 목숨을 걸지 않으면 안방의 시청자들은 그 생생하고 구체적인 장면을 볼 수 없다. 인간세상에서 로망이 공룡 화석보다 오래 현존하는 이유는 그 목적이 남을 이롭게 하기 때문이다. 로망은 숙명을 등에 지고 뛰어드는 탐험이다. 로망은 함께 불태울수록 불길이 멀리 뻗친다.

무라바야시는 학생들과 함께 우동 면을 만드는 식품 회사에 들러 공정 현장을 세심히 관찰했다. 테스트용으로 나온 면을 시식하며 우동 면의 두께도 면밀히 살폈다. 일반 우동과 달리 이세참마는 단단하면서도 찰지기에 이세참마 성분이 우동에 들어가면 진하고 묘한 맛이 우러난다. 담백한 맛은 뇌가 기억하지 않아도 혀가 제대로 기억한다. 우동처럼 대중적인 음식은 담백한 맛이 아니면 시장에서 좋은 평가를 받기 어렵다.

간단할 것 같은데 의외로 우동은 만들기 어렵다. 우선, 면을 제조하는 과정이 꽤 복잡하다. 밀가루 외에도 여러 성분을 섞어 원하는 면을 만들려면 수많은 테스트를 거쳐야 한다. 밀만 하더라도 크게 두 종류다. 외국산, 자국산이 있다. 외국산 중에서도 미국산과 호주산 등이 있고, 그중에서 자국민의 입맛에 맞는 밀이 따로 있다. 또한 자국민의 입맛도 지역에 따라 선호도가 다르다. 가령, 사누키 우동의 원산지로 유명한 가가와 현 주민들의 우동 소비량은 타 지역과 비교가 불가능하다. 독일인들이 매일 맥주를 마시고, 마사이족이 매일 수십 킬로미터를 걷듯 가가와 현 사람들은 매일 우동을 먹고 또 먹는다. 한 집 건너 한 집이 우동가게이고 우동 면을 직접 제조하고 판매하는 곳도 많다. 일본 내에 밀가루를 공급하는 제분회사도 가가와 현만큼은 호주에서 특별히 배합한 밀가루를 별도로 공급한다.

가가와 현처럼 우동이 브랜드화된 곳을 제외하고는 우동 면을 만들려면 제면공장에 따로 의뢰한다. 제면공장에 의뢰한 우동 면 시제품이 도착할 때마다 식품조리과 학생들은 모여서 진지한 토의를 거듭했다. 꼼꼼히 맛을 따져 부족한 부분의 보강 자료를 첨부해 제면회사에 다시 보냈다. 그렇게 수십 차례의 테스트를 거쳐 마침내 이세참마의 풍미를 살린 우동 면이 완성되었다.

면이 완성되었으니 이제부터 스프는 학생들이 제조해야 한다. 처음 샘플 스프는 화학조미료 등이 들어간 일반적인 것으로 만들어보았다. 하지만 일반적인 스프는 일반적인 우동 면에 알맞을 뿐이었다. 또한 우동 면의 두께도 달랐다. 이번에 개발한 이세참마 성분이 들어간 우동 면은 일반 우동 면보다 가늘었다. 식품회사와 수차례의 조정을 거쳐 화학조미료가 조금도 들어가지 않는 자연적인 맛을 살린 스프도 개발했다. 완성된 우동은 '도로로'라는 상품명이 붙었다.

이세참마는 울퉁불퉁해서 다루기 어렵지만 미지근한 물(40~45도)에 2시간 담근 후에 나일론 수세미로 빡빡 밀면 껍질이 금세 벗겨진다. 강판으로 갈면 유백색 물질이 나오는데 점성이 아주 강하다. 이세참마는 수분이 아주 적기 때문이다. 이세참마를 강판으로 갈면 찹쌀떡처럼 즙이 금세 엉겨 붙는다. 이 강력한 점성물질을 일본어로 '도로로(とろろ)'라고 한다. 사람들은 요리에 도로로를 첨가하거나 밥에 그냥 얹어먹기도 한다. 피부미용에도 좋아 여자들이 특히 좋아한다. 대개

는 일반 소비자가 쉽게 먹을 수 있게 양념 절구에 강력한 점성의 도로로를 넣고 찧으면서 다시를 간간이 부어 점성을 약하게 만든다.

학생들이 만들어 시장에 내놓은 도로로 우동의 인기는 예상을 뛰어넘었다. 이세참마의 풍미를 최대한 살렸다는 호평이 자자했다. 덕분에 이세참마를 생산하는 농가를 비롯해 관계자들의 입에 오우카 고교의 이름이 수시로 오르내렸다.

무라바야시와 기시카와의 의기투합은 순식간이었다. 두 사람은 만나면 고등학교 교사와 공무원으로서 학생들을 위해 무엇을 할 수 있을지 오랜 시간 이야기를 나누었다. 식품조리과 학생들은 대부분 졸업하고 요리사가 되기를 희망했다. 꿈은 나눌수록 좋다. 그것이 정당하고 투명한 꿈이라면 얼마든지 나누어도 좋다. 꿈 자체가 커지면 꿈은 현실화를 향해 스스로 움직이기 시작한다. 꿈을 품는 이유는 거기에 있다.

"늘 봐도 학생들이 생기가 있네요. 얼마 전만 해도 우리 마을에 이렇게 훌륭한 학교가 있는 줄 미처 몰랐습니다. 학생들의 모습을 많은 사람들에게 알리고 싶은데, 우리가 할 수 있는 일이 없을까요?"

기시카와의 입에서 나온 말은 놀랍게도 무라바야시가 이전부터 느꼈던 고민과 생각이 똑같았다.

"우주비행사를 지원하는 사람들은 두뇌가 일반인보다 꽤 좋은 편입니다."

"제가 지방 공무원을 벗어나지 못하는 이유이기도 하지요."

기시카와가 머리를 긁적였다.

"까다롭고 창의적인 여러 과제를 성공적으로 완수해야 비로소 정식 우주비행사가 되는데……."

"저도 우리 마을 살리기 프로젝트의 하나로 UFO 이세참마를 시도한 적이 있어요."

"무척 창의적이네요. 도로로 우동보다 UFO 우동이 나을지도?"

"예비 우주비행사들에게 국제 우주 스테이션에서 생활하는 우주비행사들의 마음을 치유하는 로봇을 만들라는 과제가 떨어졌대요."

"흠, 재밌고 창의적인 과제네요. UFO 우동보다 못하지만."

기시카와의 얼굴에 미소가 떠올랐다.

"팀별로 과제를 수행하는데 A팀은 국제 우주 스테이션에서 오랫동안 체재하는 우주비행사들의 스트레스를 완화시켜줄 목적으로 애완동물 로봇을 만들었어요.
개의 모습을 띤 로봇으로 축구가 특기이며 애교 섞인
동작도 살짝 넣었지요."

"나 같으면 그날의 운세를 뽑는 인형을 만들었을 텐
데."

"심사위원들이 A팀에게 속사포처럼 질문을 던집니
다. 우주는 알다시피 무중력입니다. 로봇이 발로 찬 공
은 나중에 어떻게 될까요? 무중력에서 볼을 컨트롤하
려면 어떻게 하나요? 우주선 내에는 민감한 전자기기
가 잔뜩 장착되어 있는데 거기에 영향을 주진 않을까
요?"

"과연! 아무리 두뇌가 좋아도 거기까지는 생각하지
못했네요."

머쓱한 표정으로 무라바야시가 잠시 뜸을 들인다.

"학교에서 아무리 가르쳐도 안 되는 부분이 두 가지
있어요. 하나는 접객 서비스이지요. 요리는 마음입니
다. 손님을 행복하게 해드리는 마음가짐을 말합니다.
손님의 생생한 육성이 요리를 만들어주거든요."

"학교에서는 무중력을 경험할 수 없다……."

머릿속을 떠다니는 생각이 찰랑거리는 물처럼 기시
카와의 입에서 맴돌았다.

"또 하나는 경영입니다."

무라바야시가 정적을 깨지 않으려는 듯 조심스럽게 말한다.

"학생들한테 너무 버겁지 않을까요?"

"요리사가 되려는 학생들은 장차 자신의 음식점을 차리는 게 꿈입니다. 이를테면 제철에 맞는 식재료를 알맞게 구입할 줄 알아야 해요. 유통 과정을 숙지하지 않으면 타산을 못 맞춥니다."

쓰지조에서 식재료 구입을 오랫동안 맡았던 경험이 무라바야시에게는 아직도 손에 묻은 잉크처럼 생생했다.

"이 두 가지는 실제 경험하지 않으면 모릅니다. 아마 학생들이 직접 손님을 상대하면서 배운다면 최고의 교육이 될 겁니다."

무라바야시는 학교라는 좁은 틀에서는 요리 교육에 한계가 있음을 다시 한 번 실감했다. 요리를 만들어 동급생끼리 서로 먹어보는 것과 손님에게 내놓는 건 다르다. 마음가짐에서부터 큰 차이가 나는 것이다. 또한 돈을 버는 게 얼마나 힘든지, 내가 만든 요리를 맛있게 먹고 돈을 지불하는 손님이 얼마나 고마운지를 수업시간에 가르칠 수는 없다. 아무리 학생들에게 현실은 냉정하다고 입이 닳도록 강조해도 그들은 알아듣지 못한다. 학교는 좁은 우물이기에 리얼리티 감각이 현저히 떨어진다. 요리만들기를 좋아하지만 학생들은 진정한 요리의 세계를 모른다. 그 차이는 옷매무시에도 나타난다.

학생들은 머리를 길게 기르거나, 더럽혀진 하얀 조리복을 세탁하지 않고 매번 입거나, 조리모를 삐딱하게 쓰거나, 앞단추를 여미지 않고 대충 풀어놓는다. 만일 음식점의 종업원이 그렇다면 손님들은 불쾌해서 발길을 돌릴 것이다.

그러므로 식품조리과 학생들에게 리얼리티의 세계에서 몸으로 부딪치는 경험이 절실히 필요했다.

"학생들이 직접 요리를 만들고, 경영하는 곳이라……."

기시카와가 불쑥 자리에서 일어나는 바람에 무라바야시조차 얼떨결에 의자에서 엉덩이를 반쯤 뗐다.

"진짜로 만들면 되겠네요!"

무라바야시는 과거에 그런 사례가 있다는 이야기를 꿈에서조차 들어본 적이 없었다. 그런만큼 그렇게 간단히 실현될 거라고 믿지도 않았다. 희망과 현실은 격차가 심하다. 너무 심하면 그것을 상상이라고 부른다.

상상이 현실이 될지 테스트해보는 방법은 딱 한 가지다. 상상을 현실이라는 벽에 부딪쳐 본다. 우리는 그것을 행동이라고 부른다.

기시카와는 생각하면서 동시에 뛰는 타입이다. 그의 발걸음은 즉시 고카쓰라이케 위원회로 향했다.

지
옥
의
부
서

　기시카와는 25세에 다키초 공무원으로 들어왔다. 나
중에 총무과로 옮겨 회계관리를 맡았지만 초기에는 세
무과에 근무했다. 컴퓨터가 발명된 지 얼마 안 된 무렵
(1982년)이었지만 대학 때 전공 덕분에 스스로 프로그
램을 짜서 업무에 응용할 실력을 갖추고 있었다.

　맡은 업무는 그리 어렵지 않았다. 하루 종일 책상 앞
에 앉아 자신에게 주어진 일을 주어진 시간 내에 처리
하면 그만이었다. 비록 다키초에서 태어나고 자랐지만
교토에서 대학에 다녔기에 그의 사고방식은 꽤 도시적

이었다 시골은 모든 것이 느리고 답답해서 어떤 때 보면 밧줄에 시간이 꽁꽁 묶인 것 같았다.

민원 때문에 찾아오는 일부 주민들은 대놓고 공무원을 경멸하기 일쑤였다.

"우리는 새빠지게 일하는데 공무원들은 월급 또박또박 타먹고 좀 좋아?"

"세금 축내는 도둑놈들이야!"

"공무원도 세금 냅니다"라고 반박해봤자 돌아올 말은 정확히 상상이 간다. 대신에 수없이 사용해서 입에 붙은 문장을 꺼내놓는다.

"죄송합니다."

오로지 사과로 시작해서 사과로 종결짓는다. 동료인 지방 공무원들과의 교제도 왼발 오른발을 바꿔 신은 신발처럼 제대로 걷지도 못했다. 퇴근하고 집에 돌아오면 오늘도 열심히 일을 했다는 자각이 들지 않았다. 머리는 먹먹했고 가슴은 답답했다.

세무과가 가장 바쁜 시기는 아무래도 세금신고 기간이다. 세금 계산은 까다롭고 어렵다. 당시는 일일이 전자계산기를 두드려 계산을 했기에 세금신고 기간에는 모든 직원이 잔업을 했다. 특히 농업소득의 계산은 굉장히 번거롭고 시간을 많이 잡아먹었다. 컴퓨터 프로그램으로 가능하지 않을까? 지금이야 엑셀 프로그램 정도로 간단히 처리할 수 있지만 당시는 그런 게 없었다. 컴퓨터 사양도 고작 8비트였다. 기시카와는 한 달 걸려 자작 세금계산 프로그램을 완성했다.

"우와, 앞으로는 잔업 안 해도 되겠네!"

"농업소득 계산 말고 다른 세금계산도 가능한 거야?"

칭찬에 섞여 동료들의 질문도 빗발쳤다. 기시카와는 컴퓨터라는 도구로 전반적인 세무업무를 개선하고 향상시켰다. 복잡하고 까다로운 작업을 간단하고 손쉽게 만들어주면 누구나 고마워한다.

그때까지만 해도 공무원 생활을 걷어치우고 회계사 자격증이라도 따볼까 어쩔까 했던 기시카와는 시간의 힘을 배웠다. 최소한 시간은 사람을 배반하지 않는다. 과거에 쌓았던 공부와 경험과 생각은 현재라는 시간에 충실히 반영된다.

삶에는 갈림길이 있다. 우리는 갈림길에서 고민이나 방황, 고통을 겪는다. 이쪽 길인지 저쪽 길인지는 그 고민과 방황, 고통 속에서 어느 날 자연스럽게 모습을 드러낸다. 기시카와에게도 그의 마음과 열정을 인정해주는 사람들이 생겨났다. 컴퓨터에 능숙한 자가 있다는 소문이 다른 부서에도 봄산의 진달래처럼 순식간에 퍼졌다. 주민과에서는 매일 각종 증명서를 발행한다. 호적등본, 인감증명 등을 몇 통 발행했고 수수료가 얼마 발생했다는 계산을 일일이 전자계산기를 두드려 처리하는데 컴퓨터로 해줄 수 없느냐는 부탁을 받았다. 표 계산 프로그램을 만들면 날짜별 종목별로 쉽게 정리할 수 있다. 기시카와에게는 맥주 한 잔 마실 동안에 가볍게 끝낼 수 있는 프로그래밍이었다.

그는 가끔 바깥의 공기가 그리울 때가 많았다. 농사일은 해본 적이 없지만, 농사에 대한 아련함은 솜사탕처럼 남아 있었다.

기시카와가 태어난 곳은 다키초가 속한 다키군(郡)이다. 기시카와의 부친은 중학교 영어교사였다. 당시 학교 교사의 월급봉투는 너무 얇았다. 돈이 없어 살 집을 구하지 못하고 마을 사람들의 배려로 비어 있는 절에서 살았다. 목욕도 집에서 할 수 없었다. 목욕을 하고 싶으면 수건을 지참해서 이웃집에 가서 부탁했다.

어린 시절의 기시카와에게 집으로서의 절은 황폐한 성처럼 세상과 분리된 쓸쓸하고 배고픈 장소였다. 농사를 짓는 집 아이들의 손에는 먹을 것이 늘 들려 있었다. 기시카와에 비하면 그들은 먹을거리가 풍족했다.

기시카와의 농업에 대한 갈망은 어린 시절의 배고픔에서 비롯되었는지도 모른다.

다키초 농림상공과는 타부서에 비해 업무량이 굉장히 많아서 지원자가 거의 없는 부서다. 농림상공과는 동료들 사이에도 '지옥의 부서'라는 무시무시한 애칭으로 불리고 있었다.

식량은 농사에서 비롯된다. 농사는 국가의 근간을 이루는 산업이면서 1차 산업인만큼 지리적·환경적 제약을 많이 받는다. 농사는 대표적인 육체노동이다. 머리보다는 몸을 움직여야 한다. 그런데 정작 몸이 좋은 젊은이들은 시골에 남아 있길 거부한다. 그러니 농사라는 틀을 계속 유지하는 데 들어가는 비용과 수고는 만만치 않다.

국가가 장려하는 방식으로 농사를 짓다가 막대한 손해를 보면 그 원성은 고스란히 공무원에게 쏟아진다. 다양한 방법과 방식을 통해 농사를 활성화시키려는 국가의 노력은 그 결과가 참패로 끝나는 경우가 많은데 농사를 짓는 사람들은 국가로부터 봉급을 받는 공무원, 즉 국가의 업무를 추진하는 사람들에게 적개심을 품는다.

공무원들과 농사를 짓는 사람들은 동물원에 갇힌 야생동물과 사육사의 관계와 많이 닮았다. 야생에서 큰 호흡을 하며 자유롭던 동물들이 철창 같은 우리에 갇히면 제일 처음 보이는 반응이 적개심이다. 자신이 산과 들판을 뛰어다니지 못하고 묶인 처지가 된 분노를 사육사에게 돌린다.

인간의 무자비한 남획에 멸종위기에 처하거나, 지구상에서 사라지는 야생동물이 많아졌다. 야생동물을 인간의 무자비한 손에서 보호하려면 동물원에서 키우는 수밖에 없다. 사육사의 중요한 임무 중 하나는 단지 야생동물 보호 차원에 그치지 않고 야생동물을 동물원에 적응시켜 새끼를 낳게 만드는 것이다. 그래야 사라진 야생동물을 동물도감에서만 볼 수 있는 불행을 막을 수 있다.

농업은 사라져 가는 야생동물이다. 국가 혹은 공무원이라는 우리에 가둬두면 적개심을 품는다. 하지만 농업의 씨를 계속 뿌리려면 국가와 공무원(사육사)의 도움이 꼭 필요하다. 농사는 한 번 포기하면 재생하는 데 수십 배의 시간을 필요로 한다. 땅은 버려두는 게 아니라 가꾸는 터전이기 때문이다. 농사는 얼핏 간단해 보이지만 결코 호락호락하지 않다. 실패와 성공이 교차

하면서 거미줄처럼 조금씩 성과를 만들어 낸다. 공무원들이 농민들을 무시하거나 매사에 가르치려 들면 그들은 공무원들을 불신하게 된다(야생동물과 사육사의 관계가 그렇다).

기시카와는 지옥의 부서인 농림상공과를 지원했다. 농사일은 해본 적이 없지만 마을 청년단과 어울리며 남의 땅을 빌려 논농사도 직접 지었다. 봄철 모심기부터 시작해서 가을철 수확까지 이마에 구슬같은 땀을 흘렸다. 농약도 치지 않았다.

다키초가 원산지인 이세참마는 농촌의 고령화로 인한 후계자 부족으로 매년 생산량이 감소하고 있었다. 기시카와는 생산량을 늘리는 방법으로 우량종자의 일반화를 추진했다. 그해 수확된 것 중에서 가장 훌륭한 이세참마의 우량종자는 각 농가에서 따로 보존하고 있었다. 오래된 된장이나 고추장처럼 각 농가만의 우량종자가 따로 있었다. 농민들은 우량종자를 공유하지 않았고, 공유할 생각도 없었다. 기시카와는 이세참마를 재배하고 싶은 마을 주민이라면 누구나 우량종자를 얻을 수 있는 시스템이 절실하다고 느꼈다.

다키초는 모래사장처럼 흙이 송송한 지역이다. 물이 잘 빠지기에 참마 재배에 꼭 들어맞는 지리적 조건을 갖추고 있었다. 일반적인 참마는 프랑스빵 바게트처럼 두툼하면서 길쭉하다. 이세참마는 감자처럼 생겼다. 매끈한 감자 모양도 아니다. 요철凹凸처럼 울퉁불퉁한 게 삶은 팥을 대책 없이 주물러놓은 것처럼 보인다. 참마의 종류에 들어가는 것 중에 이세참마처럼 생긴 것은 일본에서도 1% 이하밖에 되지 않는다. 정확한 시기

이세참마

는 알 수 없지만 고(古)문서에 따르면 1719년에 이미 이세참마가 재배되었던 것으로 나타난다. 이세참마는 10월에서 11월 사이에 수확한다. 이세참마의 전통을 꾸준히 잇는 방법은 우량종자를 매뉴얼화시키는 것이었다.

기시카와는 농민들과 더 원활한 대화를 나누기 위해 몸을 사리지 않고 열심히 일했다. 각자만의 성을 쌓고 있으면 통일된 힘을 발휘할 수 없다. 기시카와처럼 농가를 부지런히 드나들며 자신의 일처럼 염려해주는 농림상공과 소속 공무원은 여태까지 없었다. 기시카와의 열정은 농민들의 마음을 조금씩 움직였다.

기시카와는 양돈장의 퇴비 문제도 해결해 주었다. 양돈장에서 사료로 사용되는 퇴비는 보통 시판용 효소나

균으로 발효시켜 만든다. 어느 날 그는 전문가의 강의를 듣고 그 땅에서 오랫동안 살아온 토착 균을 활용하면 훨씬 효율적으로 처리할 수 있음을 알았다. 토착 균을 이용하면 퀴퀴하고 음습한 양돈장의 냄새도 훨씬 줄어든다.

어린 시절 배고픔으로 인한 상대적인 선망의 대상에서 농민과 농사, 그리고 땅에 대한 그의 애정은 날이 갈수록 더욱 커져 갔다. 지역에 대한 강한 애정은 그 지역의 공무원이 지녀야 할 필수조건이다. 마을은 한 사람이 발전시키지 못한다. 하지만 한 사람이 마을을 살릴 수 있다.

기시카와는 지역농산물을 활용한 마을 살리기 프로젝트를 차례차례 구상했다. 그 와중에 오우카 고등학교 식품조리과의 존재를 알게 되고 적극적으로 나서서 인연을 맺게 된 것이다.

이번에는 그 땅에서 나고 자란 사람을 '농사' 짓겠다는 야심찬 계획을 세웠다. 그는 자신이 있었다.

모험은 새롭다

매달 개최되는 고카쓰라이케 위원회는 오후 7시 30분부터 시작된다. 기시카와도 매달 참석한다.

"이번 달은 이벤트가 없어서인지 지난달에 비해 매출이 많이 떨어졌어."

"특히 식당 매출 감소가 심각한데, 좋은 방안 없을까?"

"새로운 아이디어가 필요해."

위원들의 대화가 이어지는 중간에 기시카와가 주저하며 끼어들었다.

"새로운 아이디어라고 하니 말씀인데요. 오우카 고교의 식품조리과 학생들 요리 실력이 뛰어납니다. 유원지 어디쯤에 학교가 쉬는 날만 영업할 수 있게 식당을 하나 만들면 어떨까요?"

위원들이 너도나도 한마디씩 했다.

"고교생들이 하는 식당? 그런 건 들어본 적이 없는데."

"학생들 부려먹으면서까지 돈벌이를 하고 싶진 않아."

"고교생? 안 돼! 녀석들이 제대로 하겠어?"

"애들 시켜놓고 교통사고나 식중독 사태라도 나면 어쩌려고? 책임질 수 있어?"

"전례가 없잖아……."

모든 계획을 무(無)로 되돌리는 가장 빠른 길은 '전례가 없다'는 그 한 마디면 통한다.

이의 제기가 쉽지 않았다. 기시카와의 말을 들어줄 귀를 지닌 사람은 위원 중에 한 명도 없었다.

그의 전화를 받고 위원회 회의 결과를 알게 된 무라바야시가 말했다.

"기시카와 씨, 정말 고맙습니다. 나 또한 쉽게 실현될 거라고 믿지는 않았습니다. 그저 마음만 받겠습니다. 고맙습니다."

그의 말이 채 끝나기 전에 수화기 너머로 기시카와의 똑똑 부러지는 말투가 들렸다.

"아닙니다. 두고 보십시오. 이제부터 시작이니까요."

기시카와는 말 따로 행동 따로의 공무원이 아니었다. 그에게는 말이 곧 행동이요, 행동은 민첩했다.

무라바야시가 고교생을 맡았다면, 기시카와는 학생들이 실습할 수 있는 장소를 맡았다. '낭패(狼狽)'라는 한자는 오묘하다. 오른쪽 다리만 있는 늑대와 왼쪽 다리만 있는 늑대라는 뜻이다. 늑대 한 마리로는 도무지 움직일 수 없다. 한쪽 다리로 혼자 가려고 하다보면 쓰러진다. 다른 늑대의 도움을 받아야 한다. 무라바야시가 지금까지 학생들의 왼쪽을 맡았다면, 위원회를 집요하게 설득하는 기시카와는 오른쪽을 맡은 셈이다.

무라바야시든 기시카와든 학생들의 미래와 관련된 꿈을 혼자 하려고 시도했다면 아마 낭패를 맛보았을 것이다. 무라바야시와 기시카와는 이를테면 한 계란 속에 든 노른자위와 흰자위 같았다.

사람은 본능적으로 안정을 추구한다. 그래서 지나치게 획기적인 발상은 사람들을 불안하게 하고 망설이게 만든다. 모르기 때문에 불안한 것이다.

매년 유원지에서 흑자를 내는 고카쓰라이케 운영위는 새로운 모험을 시도할 이유도, 필요성도 느끼지 못했다. 고카쓰라이케 유원지 안에는 지역농산물 식재료를 사용하는 식당이 한 곳 있다. 기시카와는 '그 식당에서 학생들이 실습할 수 있게 요청한다면 어떨까?' 하고 생각했다.

고교생 레스토랑은 처음부터 받아들이기에는 너무 높은 허들이었는지도 모른다. 적진에 깊숙이 침투하려면 위장전술이 필요하다. 위원회를 적으로 간주할 생각은 전혀 없지만, 경계심을 완화시키려면 먼저 이쪽의 무장을 해제할 수밖에 없었다.

"유원지 안에 있는 식당에서 학생들이 아르바이트 좀 할 수 없을까요?"

"글쎄, 아르바이트 정도면 괜찮겠지."

결과는 놀라웠다. 고교생 레스토랑의 무장을 해제하니 상대도 안심하고 나왔다. 첫 진입이 중요하다. 가볍고 손쉽게 넘을 수 있는 허들을 준비하길 잘했다. 학생들이라 주중에는 수업을 받아야 한다. 하지만 방학기간이면 학교 측에서도 뭐라고 하지 않을 것이다.

여름방학부터 시작하고 싶다는 기시카와의 말에 위원들은 군말 없이 고개를 끄덕여주었다. 위원들은 정당한 아르바이트비를 지급하겠다고 말했다. 기시카와는 학생들에게 실습만 시켜준다면 그것으로 됐다고 대답했다. 부탁을 하는 쪽과 부탁을 받는 쪽 사이에는 당연히 관계의 우열이 존재한다. 머리를 수그리는 쪽이 열세다. 하지만 부탁을 수락하는 지점에서 '우열'은 소멸되거나 자연스럽게 삭제된다. 웃으며 나누는 악수는 지금부터 너와 내가 평등하다는 뜻이다. 학생들이 원하는 실습이고 부탁을 받는 쪽이 시간과 장소를 제공해도, 학생들이 힘들게 일한 값어치는 사회적 약속인 임금으로 지불되어야 한다. '위원회의 의견이 옳다. 하지만 실습에 필요한 장소 제공만으로 충분한 임금이 되고 보상이 된다'고 기시키와는 생각했다. 비록 아르바이트 형식이지만 학교 측에서도 학생들의 실습에 돈이 지불되는 것을 바라지는 않을 것이다.

학생들에게는 무엇보다 리얼리티의 경험이 꼭 필요하다. 그 경험이 사회에 나가면 진짜 돈벌이에 유용한 도구로 쓰일 것이다. 세상 모든 일이 그렇듯 처음 허들 하나를 넘기가 어렵다. 전력 질주해야 하기 때문이다. 그 다음 허들은 관성의 법칙에 따른다. 내가 에너지를 계속 쏟아부으면 상대도 움직인다. 기시카와는 그걸 믿기로 했다.

"홍당무 채 썰 줄 알아?"

"예. 맡겨주세요!"

도마 위에서 재빨리 움직이는 어린 손의 능숙한 손놀림.

"생선회 떠야 하는데, 그건 무리겠지?"

이번에도 거침없는 대답이 돌아왔다.

"맡겨만 주세요!"

쓱쓱, 훌륭한 솜씨다.

"진짜 잘하네! 이것도 부탁해. 그리고 저것도 해줄래?"

나이 많은 식당 종업원들의 눈이 휘둥그레진다. 보통 아르바이트 학생들과는 차원이 달라도 한참 다르다. 학생들은 신이 나서 열심히 일한다. 평상시 학교 실습실에서 연습했던 기량이 주방에서 발휘된다.

"어서 오세요!"

접객 서비스를 맡은 학생의 또렷하고 큰 목소리는 행진곡처럼 경쾌하고 씩씩하다. 조금 가라앉아 있던 분위기의 식당에 젊음과 열정이 휘몰아친다. 분위기가 순식간에 바뀌었다. 물론 완벽하지는 않다. 학생들은 가끔 실수해서 주의를 받기도 한다. 그런데 적극적이면서도 솔직한 학생들의 태도가 식당 종업원들과 손님들의 마음을 잡아끌었다.

"우리보다 훨씬 나아. 요즘같은 시대에 이런 학생들이 있었나?"

"보통 고교생과는 달라. 프로 뺨치는 실력이야. 열심히 일하는 자세도 보기좋고!"

"이 정도로 성실한 학생들이라면 얼마든지 응원해주어야지."

학생들을 보고 무언가를 배우는 어른들도 많았다.

기시카와의 설득으로 어렵게 시작된 학생들의 여름방학 기간 한정 아르바이트는 뜨거운 반향을 일으켰다.

시작은 어렵다. 하지만 시작하면 길은 열린다. 기시카와는 그렇게 열린 길을 달려가고 있었다.

어느 날, 무라바야시는 쓰지조에 같이 근무했던 선배에게서 전화를 받았다. 무라바야시가 존경하던 4년 연상의 선배로 쓰지조를 그만두고 자신의 음식점을 차린 사람이다. 무라바야시는 1년 전 일손이 부족하다는 선배의 연락을 받고 오우카 고교 식품조리과 졸업생을 소개했다. 어렵게 알선한 자리였는데, 그 졸업생은 식당일이 힘들다는 이유로 도망치듯 그만두었다.

그 선배가 말했다.

"자네가 가르치는 학생들은 전국 요리대회 우승을 휩쓸 만큼 실력들이 우수해. 그런데 요리에 대한 마음가짐도 제대로 가르쳐주었으면 해. 1년 동안 많이 참았어. 본인은 생선회도 잘 뜨고 어려운 요리공부도 많이 했다고 자부심이 대단했지만, 그것보다 손님에게 제대로 인사하고 확실히 대답하고 거짓말을 하지 않는 게 가장 중요해. 그게 요리사가 가져야 할 기본적 덕목 아니겠어? 기술은 연습하면 늘지만 마음가짐은 쉽게 되지 않아. 그러니 처음에는 그 교육부터 해야 하지 않을까?"

선배는 잠시 침묵했다. 중요한 이야기를 할 때의 그의 오랜 버릇이다.

"이제부터 자네가 잘 가르쳐주었으면 해."

선배의 말투는 부드러웠지만 매서웠다.

무라바야시는 부모에게 큰 꾸중을 들은 아이처럼 반성했다. 선배의 조언이 고마웠다. 전화를 끊고 하염없이 울었다. 전문학교에 뒤지지 않는 수준으로 만들려고 그동안 너무 요리대회 우승자만 양산한 게 아닌가! 그런 자책감이 밀려들었다.

학생은 교사의 거울이다. 교사가 왼쪽을 보면 왼쪽으로 따라서 우르르 몰려간다. 학생들의 모습은 무라바야시 자신의 모습이다.

　앞으로 기술은 기술대로 지금까지처럼 하되 초심으로 돌아가 요리사로서의 마음가짐, 나아가 인간으로서 가져야 할 자질을 최우선 교육으로 삼기로 결심했다.

　가시가 박히면 **빼야 한다.** 선배의 따끔한 충고는 무라바야시의 몸에 박힌 큰 가시의 존재를 깨닫게 해주었다.

　오우카 고교 식품조리과 학생들의 여름방학 특별 아르바이트가 종료된 9월 10일, 고카쓰라이케 월례 위원회가 열렸다.

　"고교생 가게 건입니다만."

　이제는 위원들의 귀에 익은 프레이즈다. 하지만 차기 오케스트라의 지휘자는 기시카와 대신 고카쓰라이케 위원회가 될지도 모른다.

　여름방학 동안 오우카 고교 식품조리과 학생들은 담당 교사 무라바야시의 철저한 지도 아래 주방에서 요리를 만들고, 서빙을 하고, 카운터까지 책임졌다.

"고교생들치고는 대단했어!"

백발이 성성한 위원들도 저마다 고개를 끄덕이며 칭찬했다. 손님으로 식당에 갔던 위원들은 무엇보다 학생들의 예의바름에 감탄했다.

무라바야시 교사의 요리 수업은 예의부터 시작된다. 정중하고 또렷한 말씨, 미소를 머금은 표정, 단아한 복장. 조리모 사이로 지저분한 머리칼이 삐져 나오지도 않고, 손과 손톱은 항상 철저하게 씻고 관리한다.

요리는 손이다. 요리는 손에서 비롯되고 손으로 마무리된다. 요리에서 손은 통과하지 않으면 절대 요리를 만들 수 없는 '의식'이다. 손을 얼마나 훈련시키느냐에 요리 실력이 가늠된다. 손은 노력과 시간을 반영하는 바로미터다. 요리 기술을 가르칠 때는 손부터 시작한다. 피아니스트가 평상시에 두 손을 애지중지하듯 요리사의 손은 요리를 만드는 도구다. 똑같은 식재료를 주고 요리를 만들어달라고 주문해도, 똑같은 요리를 내놓는 요리사는 없다. 손은 마음의 연장이기 때문이다. 마음은 사람의 의지, 감정 등의 활동을 총괄하는 곳이 아닌가. 마음에 호소한다, 마음을 빼앗긴다, 마음 깊이 감사한다, 마음을 알아준다.

손은 도구로서의 연장이 아닌 마음의 연장(延長)이다. 똑같은 사람이 없듯 똑같은 마음도 없고 똑같은 요리가 나올 수 없다. 요리는 마음을 길게 늘어뜨린(연장) 손에 의해 만들어진다. 도구로써의 손이 충분히 단련되고 숙달되면 그 다음은 마음의 도구로써 작동한다. 비뚤어진 마음, 속이려는 마음은 고스란히 요리에 나타난다. 요리사는 기술로 취득할 수 있는 자격에 지나지 않는다.

요리사가 되는 것과 요리사로 살아가는 것은 다르다. 사람들이 행복감을 느끼는 요리를 만드는 진정한 요리사는 요리 이전에 훌륭한 마음가짐을 갖춘 사람들이다. 요리사가 아닌 요리인(人)이 되어야 마땅하다.

공무원 기시카와가 위원회에서 열심히 머리를 조아리고 있다.

"고교생 가게를 허락해 주시면 고맙겠습니다."

학생들의 요리 솜씨는 상하의 구별이 없었고 모두 동일한 수준을 구사했다. 학생들이 만들어 손님에게 제공하는 요리는 몇 종류 되지 않았지만, 자주 학교를 방문해 학생들의 실습을 지켜본 기시카와는 간단한 가정식 음식부터 복잡하고 전통적인 요리에 이르기까지 아마추어라고 치부되기엔 프로다운 학생들의 솜씨를 충분히 인지하고 있었다. 받아들여 주리라는 예감 속에 하는 부탁은 초조의 빛이 없다. 그만큼 자신만만한 것이다.

"할머니 가게 앞에 자동판매기 자리면 어떨까? 너무 낡아서 사용하지 않는 가게 있잖아. 지금은 기둥하고 지붕만 남았지만, 자판기 코너를 치우고 개조하면 조그만 공간은 확보될 거야."

위원장이 기시카와를 바라보며 말했다. 나머지 위원들도 눈빛으로 말 없는 지지를 보내었다.

"감사합니다! 정말 감사합니다!"

기시카와는 몇 번이고 고개를 깊이 숙였다. 무라바야시와 함께 고교생 실습용 레스토랑 궁리를 한 지 3년 만이었다. 진정 마을을 부흥시키려면 어린 물고기부터 바다에 방류해야 한다.

"선생님, 학생들의 가게가 드디어 결정되었습니다!"

위원회의 결정 소식을 듣고 무라바야시는 뛰어오를 듯 기뻐했다.

"허락이 떨어졌나요?"

바보 같은 질문이었다. 기대나 희망에 비해 그 실현이 어렵기에 '꿈'이라고 말한다.

그 꿈의 실현 앞에서 무라바야시의 가슴이 사정없이 떨렸다. 동시에 한 가지 걱정이 떠올랐다. 실습이 목적이라 학교 수업이 있는 주중에는 학교 측의 허락을 받지 못한다. 여름방학 기간 동안의 아르바이트와 달리 매주 토요일과 일요일에도 운영하면 학생들은 쉴 틈이 없어진다. 그런데 우려와는 달리 학생들의 생각은 똑같았다.

"아닙니다. 꼭 시켜주세요!"

열렬한 학생들의 반응이었다.

학생들은 여름방학 기간 중 식당 아르바이트 경험으로 리얼리티의 세계에 눈뜨기 시작했다. 무라바야시보다 더 먼 곳을 바라봐야 하는 미래의 꿈나무들이었다.

무라바야시는 아내의 의견도 물어봐야 했다. 본격적으로 가게를 열면 가정에 신경 쓸 시간이 그만큼 줄어든다. 그의 아내는 당신이 보람을 느끼는 일이라면 응원한다며 격려해 주었다.

교장의 허가도 필요했다. 기시카와는 농림상공과 직속 상사인 과장과 함께 오우카 고교를 방문했다. 여러 이유

할머니 가게

133

를 거론하며 까다롭게 나올 거라고 예상했는데 교장은 말없이 경청했다. 세 사람 사이에 묵직한 공기가 맴돌았다. 교장의 입에서 나오는 한 마디로 허들 앞에서 멈추느냐, 훌쩍 뛰어넘어 결승전까지 달릴 수 있느냐가 정해진다.

"학생들을 위한 일이라면 꼭 추진해 주십시오."

교장이 머리를 숙이며 정중하게 부탁했다.

기시카와의 눈시울이 젖었다. 고교생이 운영하는 가게는 이처럼 마을 전체가 하나로 된 가슴 뭉클한 프로젝트였다.

2002년 10월 26일, 마침내 고교생들의 작은 가게가 문을 열었다.

'손자 가게'

기시카와의 머리에 전광석화처럼 그 이름이 떠올랐다. 유원지에 있는 '할머니 가게'는 300여 농가의 농산물을 저렴하게 직판하는 곳이다. 고교생 가게가 그 앞에 자리잡는다면 할머니가 볼 때는 손자다. 할머니가 흐뭇하게 바라보는 손자 가게, 갓 싹튼 콩나물같이 정겨운 네이밍이 아닌가.

기시카와는 기다리고 견뎠던 시간에 보답이라도 하듯 서둘러 일을 진행했다. 자판기 코너를 치우니 뒤편에 낡은 가게가 나타났다. 쓰러질 듯한 나무 기둥 몇 개가 처마를 간신히 떠받치고 있고 세월에 찢긴 낡은 천들이 나풀거렸다. 학생들의 꿈을 이루어주기엔 초라한 것 같았지만 장소는 사람이 빛을 낸다.

주방시설을 설치하니 손님이 앉을 좌석이 아예 없다. 가게 앞 노천뿐이다. 주방에도 에어컨이나 히터 같은 것이 들어갈 여유가 전혀 없다. 여름날 해변에서 흔히 볼 수 있는 플라스틱 테이블과 의자를 손님용 좌석으로 가게 앞에 내놓았다. 포장마차든 노천이든 고교생들이 진짜 실습을 할 수 있는 곳이라면 본격적인 고교생 레스토랑의 씨앗은 이미 뿌려진 셈이다. 에베레스트를 오를 때 가장 먼저 할 일은 산으로 달려가는 게 아니다. 에베레스트를 등정할 만반의 준비부터 갖추는 것이다. 기시카와는 목표의 반은 이루었다고 확신했다.

보건소 위생검사를 받고 나니 손자 가게를 오픈할 날짜가 며칠 앞으로 다가왔다. 어디까지나 고교생의 연수 목적으로 탄생된 가게다. 영업시간은 학생들의 수업이 없는 토요일과 일요일, 공휴일로 정했다. 시험이 있거나 중요한 학교 행사가 있는 날도 영업하지 않기로 결정했다.

한편, 무라바야시는 손님에게 내놓을 메뉴는 '도로로 우동'과 '고카쓰라이케 특제품 두부 덴가쿠'로 결정했다. 두 가지 메뉴라면 학생들이 확실히 컨트롤할 수 있다. 메뉴가 많으면 학생들에게 버겁다. 그러므로 학생들이 자신감을 갖고 만들어낼 수 있는 메뉴라야 했다.

도로로 우동은 일전에 기시카와의 요청으로 식품회사와 오우카 고교 식품조리과 학생들이 공동 개발한 다키초 특산물 이세참마 성분이 듬뿍 들어간 우동이다. 덴가쿠는 두부, 곤약, 토란 등에 향미료인 유자, 산초로 맛을 낸 후 된장을 발라 불에 구운 꼬치요리를 말한다. 원래는 두부요리였지만 산간지방은 감자, 해안지방은 물고기를 재료로 사용하면서 다양한 패턴으로 변화를 거쳤다. 일본의 '오뎅'도 덴가쿠에서 일약 패스트푸드로 발전한 음식이다.

약 4백 년 전인 일본 에도시대에는 성격 급하기로 유명한 에도 사람들을 위한 즉석 음식이 유행했다. 에도 사람들은 덴가쿠를 굽는데 시간이 너무 오래 걸린다고 불평을 쏟아냈다. 어떤 상인이 고심 끝에 굽는 대신 미리 끓여놓았더니 손님들의 호평이 대단했다. 그

게 오뎅의 시초다. 오뎅(御田)은 덴가쿠(田樂)의 줄임말
이다. 일본 지역마다 덴가쿠에 들어가는 재료는 조금
씩 다르다. 가령, 오키나와에 가서 덴가쿠 주세요, 라
고 말하면 전혀 예상치 못한 오키나와 식(토란을 삶아 으
깨어 설탕에 묻힌) 덴가쿠가 나온다.

덴가쿠

도로로 우동은 이미 만들어진 제품을 끓여서 제공하
는 것에 불과하지만, 두부 덴가쿠는 학생들이 직접 두
부를 만드는 본격적인 요리다. 무라바야시는 고카쓰라
이케 위원회에 부탁해서 현재 사용하지 않는 두부제조
도구를 빌렸다. 할머니 가게에서 팔고 있는 다키초산
콩을 원료로 했다. 일반적인 두부 가게와 똑같이 아침
일찍부터 작업의 전 과정을 학생들이 직접 담당했다.
그 땅의 산물, 그 땅의 사람들이 그 땅의 사람들에게
먹을거리를 제공하는 이른바 지산지소(地産地消: 그 지
역의 산물은 그 지역에서 소비한다)의 실천이었다.

우동과 덴가쿠는 동일한 가격인 300엔으로 정했다. 손자 가게는 학생들이 쉬는 날에 운영하기에 식품조리과 학생이 아닌 조리 클럽 소속 학생으로 제한했다. 자발적이고 적극적인 참여라야 한다. 그래야 돈을 받고 손님에게 요리와 서비스를 성심성의껏 제공할 수 있기 때문이다.

가게에 필요한 스태프는 여섯 명. 조리 클럽의 멤버가 교대로 맡기로 했다. 낡은 기둥 위에 텐트만 새로 친 포장마차 타입의 작은 가게였지만 주인은 엄연히 학생들이었다. 자신의 것은 스스로 지키고 빛내야 한다. 학생들은 처음 생긴 자신들의 가게에 강한 자부심을 지니고 있었다.

'손님이 얼마나 올까?'

손자 가게 오픈 당일. 무라바야시는 걱정부터 앞섰다. 다만 몇 명이라도 와주면 좋을 텐데. 학생들의 꿈이 처음부터 초라해지는 모습은 교사로서 차마 못 볼 것 같았다. 어젯밤엔 뜬눈으로 밤을 새웠다. 새벽부터 나와 주방을 점검하고 음식이 제대로 나올 수 있는지 세심히 살폈다. 어디까지나 학생들의 가게다. 교사인 무라바야시는 후방 지원만 한다. 학생들이 손님을 맞고 요리를 만들고 서빙을 하고 돈 계산까지 한다. 훈련은 코치의 몫이다. 사회라는 그라운드에서는 코치가 같이 뛸 수 없다.

"어서 오세요!"

학생들의 우렁찬 목소리가 들렸다. 좁은 주방에서 두 손을 꼭 쥐고 안절부절못하던 무라바야시의 눈에 길게 늘어선 손님들이 눈에 들어왔다. 무라바야시의 가슴이 은빛고기처럼 뛰었다. 길게 늘어선 손님들 뒤에서 기시카와가 올림픽 시상대에 올라간 선수처럼 두 손을 번쩍 치켜들었다.

"도로로 우동 4개!"

"예, 감사합니다!"

"고등학생?"

"예, 여기는 오우카 고교 조리 클럽의 손자 가게입니다."

"나도 비슷한 나이의 딸이 있어. 열심히 해봐."

"고맙습니다!"

"맛있는데."

"감사합니다!"

"잘 먹었어."

"감사합니다!"

첫날은 하루 종일 비슷한 내용의 대화가 여기저기서 들려왔다. 신인가수의 조졸한 첫 사인회에 몰려든 팬을 보듯 무라바야시를 비롯해 격려차 들른 고카쓰라이케 위원들의 눈이 휘둥그레졌다. 신인가수인 학생들도 놀라긴 마찬가지였다.

사람은 단순하고 명확한 진실에 감탄한다. 손자 가게는 일약 스타덤에 뛰어올랐다. 요리의 맛이 훌륭한 평판을 받았다기보다는 그 요리를 직접 만들어 파는 주인공이 고교생이라는 점이 어필한 것이다.

무라바야시는 기존의 철학을 그대로 유지했다. 학교 수업과 마찬가지로 손자 가게의 운영도 학생들이 순전히 자발적으로 할 수 있게 도우미 역할만 했다. 무라바야시가 곁에 없어도 학생들의 힘만으로 가게를 꾸려나가야 하니까. 하지만 손자 가게가 열리는 날에는 편안히 쉴 수 없었다. 아침 일찍 손자 가게에 나가 학생들이 활동하기 편한 환경을 조성해 주었다. 정기적인 요리교실 강의가 있는 날이면 먼저 손자 가게의 준비를 끝내고 외출했다. 당시 학교 수업을 병행하며 조리 클럽 학생 지도, 손자 가게의 뒷받침, 요리교실 강의로 바쁜 무라바야시에게 1년 동안 하루를 통째로 쉬는 날은 1월 1일 설날 단 하루뿐이었다.

손자 가게 덕분에 학생들의 자세가 눈에 띄게 달라
졌다. 학교 수업, 조리 클럽 활동, 실습 시간에 배우고
익힌 것이 그대로 현실 세계에 적용되기 때문에 긴장
감이 한층 높아졌다. 유감스럽게도 그 긴장감을 견디
지 못하고 조리 클럽을 탈퇴하는 학생도 있었다. 조리
클럽을 탈퇴한 학생이라고 해서 참을성이 부족한 것은
아니었다. 고교 3년은 자신의 앞길을 자주 바꿀 수 있
는 특권의 시간들이다. 꿈이 다르면 자신의 꿈이 이루
어질 시간을 재배치하면 그뿐이다.

　힘들어도 식당 일을 계속하는 학생들은 공유한 꿈을
향해 참된 시간을 기울였다. 꿈은 공유할수록 빨리 이
루어진다. 배움에 열중하는 학생들의 표정은 아침이슬
처럼 빛난다. 장차 프로 요리사가 되겠다는 그들의 꿈
은 그 간절하고 열정적인 눈동자에 고스란히 나타난
다. 아마 학교라는 틀 안에만 있었다면 불가능했을지
도 모른다. 학교라는 어리광을 받아주는 세계와 매서
운 질타가 난무하는 리얼리티의 세계에서 학생들은 진
정한 꿈의 발자국을 뒤쫓는다.

　학생들은 그렇게 성장하고 있었다.

아
직
배
울
게
많
다

에어컨이 없으니 주방은 화재현장처럼 뜨겁다. 땀을
뚝뚝 흘리는 학생들 못지않게 바깥 테이블에 앉은 손
님들도 연신 땀을 흘리며 도로로 우동과 두부 덴가쿠
를 먹고 있다.

플라스틱 테이블 위에 비치파라솔을 쳤지만, 태양의
열기를 식혀주기에는 역부족이었다. 입구에 서서 접객
서비스를 하는 학생들의 하얀색 조리복 위에도 뜨겁고
강한 햇빛이 물러나지 않고 심술궂게 버티고 있다. 한
줄기 소낙비라도 쏟아지면 시원하겠지만, 바람이 동반

된 비는 사양하고 싶다. 파라솔 위로 얌전히 떨어지지 않고 빗살무늬처럼 45도 각도로 손님들의 플라스틱 테이블 위로 사정없이 몰아치기 때문이다. 손님들은 비를 피해 서서 먹기도 한다. 너무 덥다보니 식중독 위험도 걱정이다.

겨울은 콧물과의 전쟁이다. 비닐로 간단히 두른 손님용 플라스틱 테이블 안은 냉기가 서걱서걱하다. 손님들은 연신 콧물을 훌쩍이며 도로로 우동을 먹는다. 외투를 입지 못하고 하얀 조리복 차림만으로 입구에서 손님을 맞는 학생들도 콧물을 훌쩍인다. 요리를 하는 주방도 겨울바람은 다소 피할 수 있지만 냉기는 막지 못한다. 학교 교실에서는 경험할 수 없었던 더위와 추위다. 손님이 찾아오기에 기다리고, 궂은 날씨를 견디며 현실을 배운다. 폭풍우를 경험한 사람은 뒤로 물러서지 않는다. 가만히 기다리면 폭풍우가 언젠가 물러간다는 사실을 알기 때문이다. 학생들은 기성세대처럼 폭풍우에 지레 겁을 집어먹어서는 안 된다. 손자 가게는 폭풍우를 피하는 방법도 연수하는 곳이다.

고카쓰라이케 유원지는 동물원이나 미니골프 코스 등 맑은 날을 전제로 운영되는 레저 시설이다. 비가 오면 손님들의 발걸음이 뚝 끊긴다. 유원지 내에 있는 손자 가게도 마찬가지다. 야외용 테이블이라 비가 오면 손님들이 불편해 한다. 하루 종일 고작 세 명의 손님만 온 적도 있다.

손자 가게는 유원지에 놀러오는 손님이 대분분이다. 유원지 손님이 한산하면 손자 가게는 그 영향을 곱절로 받는다. 날씨가 좋지 않아 손님이 없으면 어쩔 수 없는 일이기는 하다. 학생들의 정열은 어린잎과 같아 비바람에 쉽게 무너진다. 쉽게 달아오르고 쉽게 낙담한다. 손님이 많이 오면 뜨겁지만 손님이 너무 없으면 식는다.

여름날, 며칠 동안 계속 장대비가 쏟아진 적이 있다. 비 때문에 손님이 거의 없으니 학생들도 멍하니 손을 놓고 있었다. 곁에서 지켜보던 무라바야시가 주방과 입구에 서 있는 학생들을 불러 모았다.

"유원지 한 바퀴 돌고 와."

무슨 영문인지 몰라 주춤거리는 학생들에게 무라바야시가 호통쳤다.

"시키는 대로 해!"

억수 같은 비 때문에 유원지 한 바퀴 도는데 시간이 많이 걸렸다. 30분 후에 학생들이 돌아왔다. 온몸이 젖어 입술이 파랬다. 학생들 대신 비를 고스란히 맞으며 입구에 서 있던 무라바야시가 나직하게 말했다.

"손님 한 분이라도 모두 그렇게 힘들게 오시는 거야."

손님의 수가 날씨에 너무 좌우되면 '가게의 저력'이 없다는 증거다. 비오는 날 찾아주는 손님의 수는 그 음식점의 실력을 나타내는 바로미터다. 정말 그곳 음식이 먹고 싶다면 장소가 어디든, 날씨가 어떻든 그곳으로 발길을 옮긴다. 그런 경험을 쌓아주는 게 손자 가게 연수의 목적이다. 교사는 회초리를 들 때는 과감히 들어야 한다. 미적거리거나 포기하면 학생들은 한참 동안 엉뚱한 길을 헤맬지도 모른다.

"우리는 아직 배우는 중이니까 실망하지 말자."

"비가 오는 날이라도 손님들이 줄을 서게끔 더 열심히 하자!"

무라바야시의 눈에 학생들끼리 서로 격려하는 모습이 들어온다. 손자 가게는 역시 학생들이 주인공이다. 주인공이어야만 한다.

손님들과의 커뮤니케이션도 학교에서는 결코 배우지 못하는 수업이다. 학생들끼리 역할분담으로 시뮬레이션을 해보지만 역부족이다. 손님은 그야말로 각양각

색이다. 현장 경험이 지름길이다. 현실은 따갑지만 빨리 배우고, 입에 쓰지만 훌륭한 약이 된다.

"조금만 기다리실래요?"

별 생각없이 한 말에 발끈하는 손님도 있다.

"뭐야 그 말투는!"

발음이나 억양에 따라 손님의 기분을 상하게 할 수도 있다. 어떤 말은 기분 나쁘게 들리거나, 대충 대답하는 것처럼 보인다.

"이봐요, 여기 홍당무 채 썬 것 좀 보세요. 끄트머리가 통째로 들어가 있어요. 무슨 개밥도 아니고."

말이라면 통째로 된 홍당무를 더 좋아하겠지만 사람은 아니다. 홍당무를 손에 들고 화를 내는 사람의 얼굴도 홍당무처럼 빨개진다.

"정말 죄송합니다."

무라바야시가 고개를 숙여 사과한다.

"학생을 가르치려면 똑바로 가르치든가!"

무라바야시가 또다시 머리를 숙여 사과한다. 한 번은 선 채로 손님에게 30분 동안 설교를 들은 적도 있다.

학생들은 학교에서 만나는 교사로서의 무라바야시밖에 모른다. 손님에게 꾸중 듣는 모습은 상상도 하지 못했다. 학생들은 자신들의 실수로 선생님이 고개를 숙여 사과하는 모습에 미안해 어쩔 줄 몰랐다. 실수는 바로잡으면 된다. 학생들에게는 그 깨달음이 중요하다.

손자 가게에서 각종 문제나 클레임이 발생할 때마다 학생들은 모여 미팅을 가졌다. 클레임은 손님의 육성이다. 육성은 학교 교과서에는 녹음되어 있지 않다.

꼼꼼히 개선책을 강구했다. 학생들의 노력에 힘입어 조금씩이지만 확실히, 손자 가게의 클레임 수가 줄어들기 시작했다.

기시카와는 이제야말로 본격적인 고교생 레스토랑을 갖출 시기가 되었다고 확신했다. 프랑스 요리 풀코스와 일본요리 풀코스를 충분히 감당할 수 있는 실력을 계속해서 썩힐 수는 없다. 학교는 배우는 곳이자, 사회에 나갈 길을 미리 준비하는 곳이기도 하다. 이미 돌다리는 두드려 볼 만큼 두드려 봤다.

좋은 일은 서두른다. 꽃봉오리는 때가 되면 피어야 한다. 이제 서두르지 않을 이유 따윈 없었다.

홈런 한 방

기시카와가 지금의 농림상공과로 옮기기 전 교육위원회에 잠시 소속되어 있을 때다.

교육위원회는 마을 살리기 프로젝트와 직접 관련은 없다. 하지만 그는 무엇인가 마을의 흥을 돋울 이벤트를 기획하고 싶었다. 얼마 전 신문에서 나가노 현의 직장인 야구팀이 '연속 110시간 장시간 야구'로 기네스북에 올랐다는 기사를 읽은 적이 있다. 이를 갱신해 보면 어떨까?

그가 활동하는 마을 청년단에 의논하니 모두 기록을

깨고 싶다며 박수로 찬성해 주었다. 종목은 소프트볼로 정했다. 시합을 하려면 두 팀이 필요했다. 다키초는 한가운데로 국도 42호선이 가로지른다. 국도를 경계로 나눠 남북 지역대항으로 정했다. 기네스북에 오르려면 보통 사람의 보통 노력만으로는 힘들다. 소년 스포츠 팀, 직장인 동네야구 팀 등 다양한 단체에 참가를 독려했다. 기간은 명절을 끼고 8월 10일부터 15일까지로 엿새를 잡았다. 참가자는 1천 명을 목표로 삼았다. 몇 이닝을 출전해도 상관없지만 참가자는 한 번 교대하면 다음에는 나올 수 없다는 제한이 따른다. 기네스북에 신청하려면 모든 이닝의 상세한 기록을 서면으로 정리하고 비디오카메라로 시합의 전 과정을 녹화해야 한다. 청년단원을 중심으로 실행위원회 50명이 매일 밤 12시까지 시합을 준비했다. 준비기간만 꼬박 3개월이 걸렸다.

시합 며칠 전에 태풍이 온다는 예보가 있었다. 그렇다고 이제와서 중단할 수는 없었다. 상황을 보면서 결정하면 된다.

마침내 대회가 시작되었다.

"플레이 볼!!"

연속 시합이라 도중에 휴식은 없다. 오후 8시에 대회가 시작되고 2시간쯤 지나자 세찬 비가 쏟아지기 시작했다. 밤이었지만 그라운드의 나이트 조명은 쏟아지는 빗줄기를 황홀한 듯 비추고 있었다. 하늘이 무시무시한 소리를 지르며 양동이로 붓는 것 같은 비를 쏟아냈다. 태풍이 선수 대기실용 텐트를 30미터 전방으로 날려 보냈다. 수비를 마친 선수들이 전속력으로 달려왔다. 텐트를 수습하고 태풍에 날리지 않게 지지대를 꽉 잡았다. 그라운드는 이미 녹아내린 버터처럼 질퍽거렸다. 포수의 마운드는 세찬 비에 젖어 투수가 공을 던질 때마다 땅 밑으로 파였다. 마침내 무릎까지 땅이 파묻혔다. 다시 흙을 채워도 금세 제자리였다.

그 와중에 헤드 슬라이딩의 박진감을 보여주는 선수도 있었다. 비록 빗소리에 잘 들리지 않았지만 모두 박수갈채를 보냈다. 겨우 5분만 출전하는 선수도 있지만 10시간 이상 몸을 사리지 않는 선수도 있다. 누구 한사람 관두자고 불평하는 사람이 없었다. 태풍이 노도처럼 몰아칠수록 모두 어깨를 껴안고 뭉쳤다. 시합이 진행되는 엿새 동안 두 차례의 태풍이 몰아쳤고 홍수주의보가 발령되었으며 마을의 전신주 다섯 개가 썩은 이처럼 부러져 나갔다.

경기 운영 스태프는 낮이나 밤이나 야구장에 붙어 있었다. 그들의 엿새 동안 하루 수면 시간은 2시간이 고작이었다. 부상자도 없었고 사고도 없었다. 물론 죽은 사람도 없었다.

마침내 목표인 120시간 연속 소프트 시합 기록을 달성했다. 시합이 끝난 후 기시카와는 엿새간 녹화한 비디오테이프를 면밀히 검토하고, 참가선수의 이름과 기록을 모두 서면에 꼼꼼히 기록했다. 그 작업에만 꼬박 한 달이 걸렸다.

대회시간 : 123시간 32분

출전선수 수 : 1071명

이닝 수 : 687이닝

득점 : 북쪽 팀 – 918점 / 남쪽 팀 – 908점

최장시간 출전자 : 12시간 31분

추신 : 대회 기간 중 탄생한 커플 – 일곱 쌍

파란 새벽

쓰지조는 지금의 무라바야시를 만들어준 최고의 은인이다. 힘들고 괴로웠지만 하나씩 고비를 넘으면서 성장했다. 날씨가 좋으면 무라바야시는 가끔 쓰지조의 추억을 떠올린다.

처음으로 강단에 서서 조교 노릇을 할 때 회도 제대로 뜨지 못하고 손을 벌벌 떨던 기억이 떠오르면 그의 얼굴이 잠시 붉어진다.

'쥐구멍이라도 있었으면 들어갔을 텐데!'

쓰지조의 수강생들과 달리 식품조리과 학생들을 가

르칠 때는 어떤 사항을 이해하지 못하면 몇 번이고 반복해 철저히 기초를 세워주어야 한다. 걸음마를 시작한 갓난아기에게는 설명보다는 직접 손을 잡아주는 게 최고의 가르침이다.

'바로 그거야!'

쓰지조의 강사 생활을 회상하다가 무라바야시는 번갯불처럼 한 생각이 떠올랐다.

'앉아서 듣기만 하는 자세에서 벗어나 스스로 가르치는 입장이 되면 기초부터 철저히 이해하려고 노력하게 될 것이다.'

실행은 빨랐다.

"너희들이 앞으로 선생님이다."

조리 클럽의 멤버들은 영문을 모르고 무라바야시의 입을 바라보았다.

무라바야시는 출장요리교실에 정기적으로 출강하고 있었다. 지역주민을 위한 봉사이자 오우카 고교의 PR 활동을 겸한 일이었다. 그는 조수로 학생들을 데려가기로 했다. 요리교실에서는 아무리 고등학생 조수여도 참가자 입장에서는 '선생님'이다. 실제 나이든 사람들도 자신의 자식보다 어린 고교생들을 선생님이라는 호칭으로 부른다.

"잘 들어, 요리교실에 나가면 너희들이 선생님이야. 대충하려고 들면 수강생들이 당황할 거야. 연습 많이 해둬."

예상대로의 전개였다. 무라바야시의 첫 강단의 실수와 똑같은 일이 벌어졌다.

"선생님, 이건 어떻게 하지요?"

요리교실 수강생이 학생 조수에게 묻는다.

"아, 그건……."

어린 선생님의 얼굴이 붉어진다.

"선생님, 여기는요?"

"잘 모르겠는데요. 죄송합니다……."

급기야 조수들이 도움을 요청해 온다.

"무라바야시 선생님, 도와주세요!"

배움과 가르침은 남녀의 관계와 놀라울 정도로 닮았다. 남자와 여자는 겉모양이나 생리적·신체적 구조 외에도 정신적·감성적으로 많이 다르다. 남자는 여자를 피상적으로 알 뿐이고, 여자는 남자를 자기들과 비슷한 정서를 갖고 있을 거라고 생각한다. 열심히 배웠다고 되는 게 아니다. 남에게 가르쳐봐야 비로소 자신이 배운 정도를 객관적으로 평가할 수 있다. 남자가 자신을 아는 가장 빠른 방법은 여자를 아는 것이다. 남자는 여자를 통해 남자라는 것을 이해하고 감지한다. 그 자세가 진지할수록 더 빨리 더 폭넓게 알게 된다.

질문을 받아야 비로소 '자신이 잘 모르고 있다'는 사실을 깨닫는다. 한 번이라도 조수를 경험한 학생은 요리교실에 나가기 전날 열심히 예습을 하게 되어 있다. 그렇지 않으면 당일 창피를 당한다는 사실을 알기 때문이다. 그래도 여전히 실수투성이다.

"다음엔 조심하겠습니다."

"너희들은 실수를 해도 나중에 만회할 수 있다고 생각하겠지!"

교육은 치즈케이크처럼 부드러울수록 잘 먹힌다. 하지만 무라바야시는 진지해야 할 때 마냥 부드럽게 먹여주지는 않는다.

"수강생들은 오늘 배운 내용을 믿고 집에 가서 그대로 요리를 만들 거야. 너희들이 오늘 얼렁뚱땅 넘어가면 수강생들은 평생 너희들의 거짓말을 믿게 되는 거야."

무라바야시는 긴장감을 느끼지 않는 학생, 노력하지 않는 학생은 요리교실에 두 번 다시 데려가지 않았다. 그가 수강생들에게 강의하는 도중에 잡담을 하거나 멍하니 있는 학생도 마찬가지였다. 배운 만큼 가르치는 게 아니다. 가르치는 만큼 배운다.

지금의 학생들에게는 그럴 기회가 너무 없다.

고카쓰라이케 유원지 덕분에 손자 가게가 활성화되었음은 이론의 여지가 없다. 반면에 손자 가게 덕분에 고카쓰라이케 유원지에 찾아오는 손님이 늘었고, 바로 앞에 있는 할머니 가게의 매출도 덩달아 올랐다. 밀고 당기는 관계가 아닌, 밀어주고 또 밀어주는 바람직한 파트너 관계다.

무라바야시는 메뉴를 하나쯤 더 늘릴까 생각해 보았지만, 손자 가게의 주방으로는 본격적인 요리가 힘들다. 우동도 학생들이 가다랭이와 다시마를 끓여 직접 다시를 만들 줄 아는 실력인데도, 장소가 협소해서 도로로 우동으로 대신하고 있다. 무라바야시는 학생들을 가르치는 입장에서 그 점이 못내 아쉬웠다.

어느 날 일본 문부과학성이 주관하는 '스페셜리스트를 지향하라'라는 프로그램에 오우카 고교가 선정되었다는 기쁜 소식이 날아들었다. '스페셜리스트를 지향하라' 프로그램은 2003년에 발족되었다. 전문적인 지식과 기술을 가르치는 고등학교를 활성화시켜 미래의 전문가를 배출해 내겠다는 일본 정부의 야심찬 청소년 프로젝트다. 전국 각지에서 신청한 고교를 심사, 엄격하게 선정해서 자격을 준다. 프로젝트 기간은 3년이다. 선정된 고교는 연구기관과 연계하여 주어진 과제를 연구한다. 그 프로젝트에 뽑힌 것만으로도 학교의 명성은 올라간다.

고카쓰라이케 마을 전체의 분위기도 상승 무드로 바뀌었다. 오우카 고교를 전폭적으로 지원해야 한다는 주민들의 목소리가 여기저기서 들려왔다.

안타는 충분히 쳤다. 팀의 점수를 단번에 끌어올리려면 홈런 한 방이 필요했다. 기시카와의 홈런은 포물선을 그리고 있었지만, 그 종착지는 누구도 알지 못했다. 기시카와는 전대 미문의 홈런을 치고 싶었다.

"오우카 고교 식품조리과 학생들은 프렌치 디너도 요리할 수준입니다. 그런데 지금의 손자 가게로는 실력을 온전히 발휘할 수 없어요. 그토록 열심히 일하고 지역주민들의 반응도 뜨거우니, 더 큰 공간에서 학생들에게 다양한 요리를 만들 기회를 주어야 합니다."

기시카와는 고카쓰라이케 위원들에게 힘주어 역설했다.

무라바야시는 진짜 레스토랑은 머나먼 꿈이라고 아직도 생각했다. 예산도 많이 든다. 그런데 기시카와는 달랐다.

"오우카 고교는 다키초의 매력, 다키초의 보물입니다. 고카쓰라이케 위원회에서 예산을 지원하지 않겠다면, 지역 활성화를 위해 다키초에서 예산을 지출할 수 있도록 노력해 보겠습니다!"

기시카와는 진짜 고교생 레스토랑을 만들 작정이었다. 다키초 농림상공과는 기시카와에게 이미 고교생 레스토랑 프로젝트를 위임한 상태였다. 기시카와를 열성적으로 움직이게 만든 힘은 무엇일까? 그것은 늘 '무엇을 위함인가. 그리고 무엇을 위한 행복인가'라는 두 개의 축이었다.

기시카와의 저돌적인 추진력, 손자 가게의 조그만 성공은 고카쓰라이케 위원들의 마음을 움직이기에 충분했다. 그들은 기시카와에게 오우카 식품조리과 학생들이 여름방학 기간 동안 아르바이트를 처음 시작했던 식당 옆 부지가 어떠냐고 했다. 백 엔짜리 동전을 넣으면 상하, 좌우로 움직이는 단순한 유아용 놀이기구가 설치된 곳이었다. 위치도 좋았고 공간도 적당했다.

고교생이 자신들만의 레스토랑을 갖는다. 아무도 밟

지 않은 땅은 처음 밟은 사람의 소유물이 아니다. 인간으로서 달에 처음으로 발자국을 남겼던 닐 암스트롱이 말했듯 모든 인류의 첫걸음이다. 꿈은 혼자만의 전유물이 아니다. 꿈은 어른과 청소년이 함께 꾸어야 한다. 아이들의 잘못된 언행에는 야단치면서, 정작 아이들의 꿈에 책임을 지려는 어른은 드물다. 아이들의 꿈은 마을 전체가 책임지는 게 마땅하다.

이제 마을이 아이들의 꿈을 책임지려고 나섰다. 결승전을 향한 말발굽 소리가 가까이서 들려왔다.

학생들의 반응은 폭발적이었다.

"드디어 우리들의 레스토랑이 생긴대!"

머나먼 꿈으로만 여겼던 레스토랑이 건립된다는 소식에 무라바야시와 학생들은 잉어가 폭포를 오르듯 펄쩍 뛰며 기뻐했다. 고카쓰라이케 위원장은 한 술 더 떠 무라바야시에게 레스토랑 건물이 완성되려면 1년은 기다려야 한다며 그동안 연습 삼아 유원지의 식당을 운영해 보면 어떻겠냐고 제안했다.

그 식당은 최초 실습으로 학생들이 여름방학 기간에 아르바이트를 했던 곳이었다. 건물이 너무 오래되어 휴일에도 손님이 잘 오지 않는 곳이라 매출이 갈수록 저조한 상태였다.

무라바야시는 위원장에게 감사를 표했다. 노천가게가 고교생들의 제1대 손자 가게였다면, 제2대 손자 가게가 되는 셈이다. 이번에도 조리 클럽의 학생들이 맡기로 했다. 토요일과 일요일, 공휴일만 도맡아 운영하기에 평일의 식당 메뉴와는 달리 학생들이 직접 만든 메뉴를 선보이기로 했다.

무라바야시가 주방을 둘러보니 설비가 예상했던 이상으로 너무 낡았다. 주방 구조도 요리에 적합한 상태가 아니었다.

"선생님이 직접 주방 설계를 하면 어떻겠어요?"

무라바야시는 주방 설계를 해본 적이 없어서 잠시 망설였지만 위원장의 제안을 받아들였다. 어차피 전문가에게 맡겨질 테니 대략의 주방 구조만 설명해 주면 된다고 생각했다. 쓰기 쉬운 설계 소프트웨어를 배워 어설프나마 초보적인 주방 설계를 제작해 위원장에게 보여주었다.

"이대로 발주하지요."

몇백만 엔이나 드는 주방 설비였다. 위원장은 아마추어가 어설프게 그린 설계도를 보고 추진하는 무조건적인 신뢰를 보여주었다. 학생들의 꿈을 대신 짊어지는 그의 자세에 무라바야시는 큰 감동을 받았다.

한 달 만에 완성된 제2대 손자 가게는 초대 손자 가게에 비하면 훨씬 진화된 모습이었다. 야외 테이블이 놓인 노천식당에 비하면 제대로 지붕이 달린 건물이었고 무라바야시가 설계한 주방으로 제법 그럴듯하게 바뀌었다. 초대 손자 가게의 실적 덕분인지 제2대 손자 가게는 오픈하자마자 사람들이 몰려들었다.

제일 인기가 좋은 메뉴는 우동이었다. 학생들이 직접 정성스럽게 끓여낸 우동 국물의 맛은 일품이었다.

다
시
에
대
해

　일본어인 '다시'는 다시지루(出し汁)의 준말로 국물을
우려낸다는 의미이다. 다시는 우리말로 딱히 표현하기
어렵다. 국물로 번역하면 오이 국물처럼 단순히 수분
을 짜낸 뜻이 되고, 김치 국물처럼 숙성되면서 저절로
수분이 빠져나와 생성된다는 뜻도 된다. 한 마디로 그
범위가 넓고 애매모호하다.

　육수(肉水)로 번역하면 육수라는 원래의 뜻, 즉 양지
머리나 사태 등을 오래 끓인 국물이라는 의미에 들어
맞지 않는다. 우리도 '멸치 육수'처럼 직접 고기를 넣지 않는 것은 앞에 주재료(멸치)를 넣어서 말한다. 다시를 영어로 표현하면 'basic stock'이다. stock은 어떤 것을 쌓아놓는다는 뜻이다. 많이 만들어놓고 수시로 사용하려면 모아두어야 한다. 다시는 많은 재료를 한꺼번에 사용해서 일정량의 국물을 만들어 일본요리의 기초로 사용되는 소스다. 특정한 목적으로 특수하게 만든 기본 소스인 것이다. 어설픈 번역보다 그냥 '다시'가 제일 낫다.

다시는 주로 가쓰오부시, 다시마, 버섯을 삶아서 우려낸다. 일본의 전통적인 식품인 우동은 전형적인 다시를 맛볼 수 있는 먹거리이다. 대표적인 일본의 가정식 카레라이스도 사실은 다시를 베이스로 한다. 다시는 일본간장과 일본된장을 구축하는 기초설계도이다. 다시가 없으면 일본요리가 존재하기 어렵고 다시가 없으면 일본요리라고 말하지 못한다.

그런데 다시의 맛과 질은 전적으로 가쓰오부시에 좌우된다. 우리말로 가다랭이를 일본에서는 가쓰오(かつお)라고 하는데 가쓰오는 50센티미터 정도의 크기로 섭씨 19~23도의 따뜻한 바다를 좋아한다. 가쓰오는 벚꽃이 피는 시기처럼 북쪽(특히 태평양)으로 몰려 올라온다. 북상하는 가쓰오와 북상했다가 다시 남쪽으로

내려가는 가쓰오는 맛이 다른데 남하하는 가쓰오가 지방질이 많다. 바다에서 어부들이 가쓰오를 잡으면 배 위에서 냉동시킨 후 가공공장으로 옮긴다. 육지로 옮겨 해동시킨 가쓰오는 대가리를 제거하고 피를 빼서 적당한 크기로 잘라 100도 전후의 가마에서 삶는다. 삶은 가쓰오는 뼈와 비늘, 지방을 추려내고 장작을 피워 훈제한다. 그리고 졸참나무 등의 나무를 이용해 건조시킨다. 건조는 여러 번에 걸쳐 실시하는데 가쓰오의 형태를 유지시키는 게 중요하다.

건조시킨 가쓰오의 표면에는 훈제할 때의 먼지와 그을음이 많이 붙어 있는데 이를 제거한다. 그리고 밀폐된 방에서 곰팡이를 이식, 번식시킨다. 곰팡이를 번식시키는 방은 습도 80%, 온도 25도에서 28도로 유지한다. 곰팡이가 제대로 필 때까지 1, 2주간이 걸린다. 곰팡이가 피면 곰팡이를 털어내고 다시 이식한다. 이식은 3, 4회 되풀이하는데 이렇게 반복하는 이유는 이식할 때마다 곰팡이의 종류가 변하기 때문이다. 이식을 반복하면 나중에 곰팡이가 붙지 않고, 가쓰오의 수분이 줄어들면서 나무처럼 딱딱해진다. 딱딱해진 가쓰오는 원래의 중량에 비해 20%가 줄어든다. 대단히 손이 많이 가는 작업이다. 하지만 잡스러운 맛을 없애려면

곰팡이가 붙은 가쓰오

대패로 민 가쓰오부시

가쓰오부시용 대패

비닐팩에 담긴 가쓰오부시

어쩔 수 없다. 완성된 양질의 가쓰오부시를 서로 부딪치면 딱딱거리며 나무 부딪치는 소리가 난다. 세상에서 가장 딱딱한 식재료일지도 모른다. 나무, 아니 가쓰오를 쪼개 보면 루비와 닮은 투명하고 진한 빨간색 단면이 나타난다. 완성된 가쓰오를 얇고 가늘게 썬다. 대패로 민 듯한 얇은 종잇장 형태, 이것을 '가쓰오부시(かつお節)'라고 한다. 대중적인 가쓰오부시는 얇게 썬 상태로 질소를 넣은 비닐팩에 담겨 슈퍼마켓에서 팔리는데 사실 가쓰오부시는 미리 썰어 놓으면 알아차리기 어려울 정도이지만 맛이 떨어지는 것도 사실이다.

일본의 고급식당에서는 가쓰오부시를 사용하기 직전에 바로 썬다. 두껍게 썰거나 얇게 썰거나 실처럼 가늘게 써는 방법이 있다. 실처럼 가늘게 썬 가쓰오부시는 주로 생선회나 요리에 토핑용으로 사용한다. 토핑용 가쓰오부시는 톱밥처럼 꼬불꼬불하게 엉켜 있다.

여담이지만 존 레논이 비틀즈에서 탈퇴하고 솔로 곡을 모은 앨범 타이틀이 'Shaved Fish'인데, '갈아놓은 생선'이라는 뜻의 그 제목은 가쓰오부시를 지칭한다고 한다.

다시마는 다시를 내는데 가쓰오부시에 버금가는 재료다. 다시마에 포함된 글루타민산, 가쓰오부시에 포함된 이노신산이 상승효과를 내면서 뛰어난 다시를 만들어낸다.

다시마를 채취하면 보통 반나절 동안 한두 번 뒤집어 가며 골고루 말린다. 너무 말리면 꺾이고 부러지기 쉽다. 말리는 동안 비가 오면 품질이 떨어지기 때문에 날씨가 좋은 날을 선택한다. 궂은 날이 계속되거나 햇볕이 부족하면 건조기로 말리기도 한다. 다시마를 채취하면 짧은 시간 내에 말려야 하기 때문에 다시마를 말리는 전문 인력을 고용하기도 한다. 다시마는 식이섬유, 철분, 칼슘이 풍부하다. 다시마는 양식과 자연산이 있는데 자연산의 95%가 홋카이도에서 생산된다. 건조가 잘된 다시마에서는 하얀 분이 나온다. 습기가 많은 오사카 지방에서는 건조시킨 다시마를 창고에 오랫동안 묵혀 둔다. 그러면 떫은맛이 사라지고 단맛이 스며 나온다. 일본의 고급식당에서는 다시에 넣는 다시마를 3년 동안 저장한 후에 사용한다. 3년이 지나지 않으면 원하는 맛이 나오지 않는다고 한다. 이를테면 훌륭한 위스키는 오크통의 재질, 바람, 저장고의 환경 등 복잡다단한 요인에서 맛이 결정되는데 다시마도 마찬가지다.

다시마를 저장하는 3년이라는 기간은 오랜 체험에 의해 완성된 딱 맞춤한 시간이다.

주인공

고교생

아이는 마을 전체가 키운다

본격적인 고교생 레스토랑 건축이 착착 진행되고 있었다. 적어도 겉보기에는 그랬다.

기시카와도 이르기를 아무런 염려도 하지 말라고 했다. 하지만 일이 불가사의할 만큼 순조롭게 진행된다는 사실에 무라바야시는 불안을 느꼈다.

"고교생 레스토랑이 선생님에게 부담이 되진 않을까요?"

기시카와는 어느 날 전화 통화를 하면서 무라바야시에게 물었다.

"부담이 안 된다면 거짓말이겠지만 기왕지사 내디뎠으니 끝까지 가봐야지요."

"정말 괜찮겠어요?"

"걱정마세요"

이후에도 기시카와는 몇 번이고 괜찮겠냐고 물어봤다. 이쯤 되면 질문이 아니라 확인이었다.

나중에 고교생 레스토랑을 오픈하면서 결코 쉽지 않은 길을 택했다는 사실을 느꼈을 때, 무라바야시는 기시카와의 "괜찮겠어요?"라는 거듭된 질문의 의도를 뒤늦게 깨달았다.

오우카 고등학교는 1907년, 농업학교라는 이름으로 개교한 꽤 오래된 학교다. 1922년에 실업학교로 바뀌었고, 1948년 현재의 오우카 고등학교가 되었다. 1955년에는 미에 현의 현립 고등학교로 지정되었다. 2012년 현재 800명의 학생들이 다니고 있다. 졸업 후 취직을 염두에 두는 학생들이 많은만큼 실용적인 학과가 대부분이다.

무라바야시가 식품조리과 학생들의 현장 연수를 강력히 희망한 이유도 여기에 있다. 졸업 후에는 학교에서 배웠던 과정이 생계가 되고 기술이 된다.

오우카 고등학교는 보통학과, 환경창조과, 생산경제과, 식품조리과가 개설되어 있다. 보통학과는 공무원, 간호사, 교육 등의 일반적인 취업을 담당한다. 이용·미용도 보통학과에서 가르친다. 대학에 진학하려는 학생도 있지만 커리큘럼을 보면 고교졸업 후 곧장 직업을 가지려는 학생들에 중점을 두고 있다. 환경창조과는 측량, 경관디자인, 환경과학 기초를 가르친다. 일본은 아파트 문화가 아닌 주택 중심 문화이기에 건축의 수요는 일정하게 존재한다. 이 또한 졸업 후 즉시 현장에 투입된다. 생산경제과는 대단히 지역적이고 전문적인 과정이다. 농업기술과 원예 과정, 마쓰자카 소(牛)에 관해 가르친다. 일본인들에게 유명한 3대 소고기 생산 지역은 고베, 오우에, 그리고 마쓰자카다. 가령 고베 지역의 소고기는 '고베 비프'라는 브랜드가 세계적으로 통용될 만큼 인지도가 높다. 마쓰자카는 미에 현에 인접한 지방으로 소고기의 생산량은 적지만 고급 호텔이나 레스토랑의 수요가 끊이질 않는다. 공급에 비해 수요가 현저히 딸려서인지 가격도 일반 소고기에 비해 월등히 높다. 소시민이 먹기엔 먼 산의 진달래다. 미에 현에 있는 고급 레스토랑들도 마쓰자카 소고기를 사용한다. 생산경제과 학생들은 마쓰자카 소를 직접 키운다. 생산경제과를 졸업하면 지역 농산물을 스스로 생산하고 공급하는 역할을 맡는다. 그 지역의 생산물을 그 지역에서 자체 소비시키는 선봉대다. 지산지소는 그 지역 생산물에만 해당되지 않는다. 그 땅에서 태어나 자란 사람들이 그 땅에 뿌리를 내리게 하는 개념까지 포함한다. 지역 생산물을 다루고 응용하는 주역은 그 지역 출신이 바람직하다. 가령, 손자 가게는 지산지소의 기본적 개념이 잘 축약된 가장 멋진 본보기다.

오우카 고등학교에 식품조리과가 개설된 시기는 1994년이다. 무라바야시가 처음 교사로 부임한 해이기도 하다. 식품조리과에는 조리사 코스와 제과 코스가 있다. 정원은 40명이다. 2012년에는 조리사 코스 16명, 제과 코스 24명이 신입생으로 들어왔다.

오우카 고등학교

오우카 고등학교는 다키초에 있지만 미에 현의 현립 고등학교다. 현립 고등학교는 미에 현 교육위원회가 관장하고 있다. 기시카와가 공무원으로 근무하는 다키초에서 프로젝트를 추진한다고 해서 교육위원회가 선뜻 손을 들어주지는 않는다. 다키초의 프로젝트라도 현립 고등학교에서 발생하는 모든 문제는 현립 교육위원회와 해당 고등학교가 책임을 진다. 고카쓰라이케 위원회와는 달리 허들을 낮춘다고 되지 않는 것이다. 낮출 수 있는 허들 자체도 없다.

"식중독 문제라도 발생하면 곤란합니다."

"학생들이 실습을 하러 오가는 도중에 교통사고라도 나면 누가 책임지나요?"

현립 교육위원들은 농림상공과 과장과 기시카와를 바라보며 이 부분부터 문제를 제기했다. 조직사회에서 '책임'이라는 뜨거운 손잡이를 나서서 잡는 사람은 아주 드물다. 뜨거우니 위험하다는 이유 몇 가지만 만들어내면 아무도 섣불리 나서지 않는다.

"우리가 책임지지요."

동석한 고카쓰라이케 위원장이 덥석 뜨거운 손잡이를 잡았다.

"미에 현 교육위원회와 오우카 고교에 절대 피해가

없게 할 겁니다."

고교생은 아직 법적으로 자신의 결정을 스스로 책임질 수 있는 어른이 아니다. 기시카와는 그 점을 충분히 수긍하고 있었다. 오우카 학교, 미에 현 교육위원회, 고카쓰라이케 위원회가 회동해서 각서를 썼다. 모든 책임은 고카쓰라이케 위원회가 떠맡는다는 각서를 쓰고 모두 서명했다.

아이 하나를 키우려면 마을 전체가 필요하다. 고교생 레스토랑은 마을 전체가 유기적이고 능동적인 자세를 갖추지 않았다면, 결코 탄생하지 않았을 아이였다.

주인공인 고교생들도 기시카와의 열정에 결코 뒤떨어지지 않았으니 각오가 대단했다. 즉시 고교생 레스토랑의 꿈을 구체화시키는 실천적 모임을 가졌다. 결의도 다졌다.

- 우리들의 레스토랑은 우리들이 가꾸고 책임지는 정원이다.
- 씨 뿌리고 물과 비료를 주고 꽃피울 의무가 있다.
- 우리가 가꾼 성실한 정원은 지역주민에게 드리는 꽃다발이다.

장소는 할머니 가게 이층을 빌렸다. 한 달에 일곱 번 모였다. 고교생 레스토랑의 건축 디자인 의견을 비롯해 어떤 요리를 내놓고, 접객 서비스는 어때야 하는지를 진지하고 열정적으로 토론했다. 건축 디자인부터 시작해 요리, 서비스, 설비 등의 일곱 팀으로 나누어 팀별로 의견을 집약했다. 각 팀이 활발히 토론한 내용은 미팅 때마다 꼼꼼히 기록했다. 팀의 토론이 끝나면 각 팀장은 자기 팀의 의견을 다른 팀들에게 보고했다. 기시카와의 도움으로 모임 중간에 프로 건축사를 초빙해 전문가의 의견을 경청하는 시간도 가졌다.

한편 기시카와는 곤란을 겪고 있었다. 부지가 확보되었고 예산도 힘들게 통과시켰다. 그러면 무엇이 문제인가? 건축설계 사무실을 찾았지만 자초지종을 들은 건축사가 난색을 표한 것이다. 고교생 레스토랑의 취지는 이해하겠지만 기시카와가 제시한 5천만 엔으로는 건축이 힘들다며 완곡하게 거절했다. 그렇다고 해서 담당 공무원인 기시카와가 주민들의 세금을 함부로 과용하거나 오용할 수는 없는 노릇이다.

'차라리 건축 공모전을 열면 어떨까?'

문득 그런 생각이 들었다.

고교생 레스토랑의 취지를 설명하고 전국 공모전을

개최하면 어떨까? 예산이 적게 들 수도 있다. 어쩌면 유명 건축가들이 대거 참가해 올지도 모른다.

생각이 꼬리에 꼬리를 물면서 스케일이 점점 확대되었다. 여러 군데 조사를 해보니 전국 공모전 개최는 비용이 많이 들었다. 공모전 상금을 최저로 잡아도 1억 엔이 소요된다는 결론이 나왔다. 고교생 레스토랑의 예산 5천만 엔도 간신히 확보했다. 다키초 규모로는 5천만 엔도 큰 액수다. 아쉽지만 전국 공모전 아이디어는 단념해야 했다.

'설계사무실이나 건축회사를 대상으로 하는 공모전이라도?'

미련을 버리기 어려웠다. 그런데 알아보니 이 또한 현재 확보한 예산을 초과했다.

기시카와의 머리가 한없이 복잡해진다. 단순하게 생각하자. 고교생, 레스토랑, 건축, 공모전, 예산⋯ 고교생, 레스토랑, 건축⋯ 고교생, 레스토랑⋯ 고교생⋯.

그런데 섬광 같은 아이디어가 떠올랐다.

'고교생 레스토랑이니까 고교생이 건축 디자인을 한다면?'

지역 고교생의 레스토랑이니 지역 고교생 공모전을 개최하면 의미가 깊어진다. 고교생이라 시공이나 설비는 무리겠지만 건축 디자인이라면 가능할지도 모른다.

기시키와는 즉시 미에 현의 고등학교들을 조사했다. 다행히 건축과를 두고 있는 공업학교가 네 곳 있었다.

컨셉은 '요리사를 지향하는 고교생의 꿈을, 건축가를 지향하는 고교생이 설계한다'로 정했다. 미에 현 전체를 아우르는 프로젝트라 미에 현 교육위원회의 적극적인 지원이 필요했다. 교육위원회는 해당 공업고등학교에 공문을 보내 취지를 설명하고 적극적인 협조를 부탁했다.

작은 점에서 시작된 꿈이 면을 이루고 공간을 만들어낸다. 작은 꿈을 소중히 가꾼 사람만이 맛볼 수 있는 희열이 아닐까!

한편 기시카와가 진행을 맡고 식품조리과 학생들이 토론하는 '고교생 레스토랑의 꿈을 말하는 모임'도 따로 열었다. 2개월에 걸쳐 일곱 번이나 모임을 가질 만큼 알차고 지속적인 토의가 계속되었다.

"손님 좌석과 주방이 일체감을 느끼는 구조라면 좋겠습니다."

"네모진 디자인보다 돔처럼 둥그런 디자인이 바람직할지도 모릅니다."

다양한 의견이 쏟아져 나왔다.

기시카와는 학생들의 의견을 모아 일곱 종류의 건축 스케치로 정리, 이를 각 공업고교에 보내주었다. 이런 기회는 두 번 다시 오지 않는다며 공고 건축과 학생들의 참가 열기도 뜨거웠다.

고교생 레스토랑이 들어설 다키초에 직접 찾아와 역사, 풍토, 지형까지 샅샅이 답사했다. 오우카 식품조리과 학생들의 모임에도 참석하여 미래 요리사의 구상도 면밀히 경청했다. 그 땅의 산물은 그 땅의 사람이 책임지고 소비한다. 지산지소는 단순한 각 기관의 협동이나 단체의 차원이 아니다. 태어나서 자란 땅을 윤기나게 재창조하는 것이다. 그 땅의 사람들이 그 땅의 생명을 향유하는 대가로 그 생명에 보답한다.

기시카와는 고교건축과 학생들의 공모전 심사위원장도 그 땅의 사람으로 정했다. 미에 현 소재의 미에대학 명예교수로 재직하는 분을 초빙했다. 이제 일본 최초의 고교생 레스토랑이 생긴다. 어쩌면 세계 최초일지도 모른다. 공업고교 건축과 학생들은 기시카와에게 받은 스케치와 직접 조사한 자료와 더불어 고교생 레스토랑 설계에 돌입했다. 꿈의 꽃봉오리는 꽃을 피울 때를 대비해 두근대는 마음으로 기다리고 있었다.

"급히 만나 할 이야기가 있어."

고카쓰라이케 위원장의 갑작스런 전화였다. 기시카와는 건축 공모전에 지원한 공고 건축과 학생들 초청 준비로 꽤 바빴다. 고교생 레스토랑 부지로 선정된 장소로 데려가 직접 현장 설명회를 열 계획이었다. 그렇지만 이번 일을 전폭적으로 지원해준 위원장이다. 들어보니 전화로 나눌 내용이 아닌 듯했다.

"부지를 변경했으면 하네."

식당 옆 어린이 놀이기구의 자리에 맞춰 예산도 겨우 확보했고, 미에 현 공업고교의 고교생 레스토랑 건축 공모전도 얼마 남지 않은 시점이다. 고교생 레스토랑 프로젝트는 다키초뿐 아니라 미에 현 전체의 주목을 받고 있었다. 애초에 식당 옆으로 부지를 제시한 사람은 다름 아닌 위원장이었다. 그런데 이제와서 부지를 변경하겠다니, 기시카와는 내심 화가 치밀었다.

"지금 바꾸면 여러모로 골치 아픈 문제가 많습니다."

정상에서 한 발만 헛디뎌도 곧장 밑으로 추락한다. 두 번 다시 올라가지 못할 수도 있다.

"식당 옆 부지로는 많은 손님을 감당할 수 없을 거야. 내가 보기에 그 아이들은 사람을 불러 모으는 힘이 있어."

고교생의 연수를 목적으로 한 레스토랑이다. 손님이 줄을 서서 기다리는 그런 레스토랑이 아니다. 위원장은 뭔가를 아주 대단히 착각하고 있는 것 같았다.

"어디로 변경할 작정이신데요?"

기시카와는 화를 간신히 참고 물었다.

"유원지 동물원에서 조금 떨어진 테니스 코트가 좋을 것 같아."

지금까지 고카쓰라이케 자치위원회가 도와주지 않았다면 고교생 레스토랑은 시작 단계에서 아예 출발도 못했을 것이다.

기시카와는 당장 넘을 허들만 생각하기로 했다. 테니스 코트는 지금의 부지보다 위치도 안 좋고 너무 크다. 예산은 물론이고 관련된 프로젝트 전체를 변경해야 한다. 오우카 식품조리과 학생들의 열의에 찬 눈동자를 떠올리면 죽었다 깨어나도 프로젝트를 없었던 일로 돌릴 수는 없다. 내밀어진 잔은 마셔야 한다.

"알았습니다."

지금 이 시간 그에게는 용기의 또 다른 이름이 필요했다. 고교생 레스토랑 프로젝트를 다시 원점부터 시작하는 용기는 '포기하는 용기'였다.

'그래, 테니스 코트로 해보자!'

그런데 다음날 아침 일찍 위원장에게서 전화가 걸려
왔다.

"테니스 코트 부지 건은 없던 일로 하세. 손자 같은
고교생이라고 해도 도를 넘은 친절은 학생들의 장래를
망칠 수도 있다는 생각이 들었어."

"처음 정한 부지로 하시겠다는 말씀인지요?"

"아니, 식당을 없애고 대신 좌석을 늘이면 어떨까."

식당 옆 부지가 좁으니 제2대 손자 가게인 식당을
허물고 좌석을 더 확보하자는 뜻이었다.

"테니스 코트로 하겠습니다. 아니, 테니스 코트로 하
게 해주십시오."

기시카와는 그제서야 깨달았다. 고카쓰라이케 주민
들이 얼마나 학생들의 장래를 생각하는지를! 그들은
자신의 아들딸이나 손자처럼 학생들의 장래를 위하는
사람들이었다.

테니스 코트로 부지를 변경하면 고카쓰라이케 위원
회로서도 오히려 손해를 본다. 눈물이 쏟아졌다. 정말
고마웠다.

나중에 고교생 레스토랑을 오픈하고 보니 매번 손님
들로 장사진을 이루었다. 위원장의 예측은 정확히 맞
아떨어졌다. 그때만 해도 기시카와는 '고교생 수준' 이라는 하위 레벨의 생각에만 머물렀다.

위원장의 말대로 오우카 식품조리과 학생들에게 사람들을 불러 모으는 힘이 있다는 사실을 미처 몰랐다.

진실한 꿈은 다른 문도 열어준다

당장 예산 확보가 큰 문제였다.

기시카와가 급히 찾아간 설계사무실에서는 고교생 레스토랑을 건립하려면 최소한 9천만 엔이 소요된다며 예상 견적을 뽑아주었다. 5천만 엔의 예산이 무려 9천만 엔으로 늘었다. 최소한으로 줄여 7천만 엔으로 잡아도 다키초에서 지원해줄 수 있는 액수가 아니었다.

"나머지 2천만 엔을 어떻게 한다?"

동료 공무원들에게 조언을 구하니 역시 좋은 의견이 나왔다.

"미에 현에서 지급되는 보조금 제도를 알아봐."

눈이 번쩍 뜨였다.

꿈을 두드리면 다른 문도 열린다.

당장 신청했다. 미에 현 보조금 제도조차 막강한 경쟁률을 뚫어야 했다. 기시카와는 미에 현 의원들 앞에서 행할 프레젠테이션에 만전을 기했다. 도저히 놓칠 수 없는 기회였다. 거의 매일 밤을 꼬박 새워 예상되는 까다로운 질문들을 만들어 답변을 준비했다.

기회의 여신은 뒷머리카락이 없다. 놓치면 잡지 못한다.

기시카와의 프레젠테이션을 듣고 난 한 원로 의원이 기시카와에게 질문했다.

"레스토랑을 운영하지 않는 날에는 미에 현 주민들에게 개방하면 좋지 않을까요?"

미에 현 의원들은 고교생 레스토랑의 기획은 바람직하나 토요일과 일요일, 공휴일만 운영한다면 낭비라는 의견이 대세였다.

"위원님들, 도라지꽃 혹시 본 적이 있나요? 꽃벼슬이 참 예쁩니다. 슬픔을 쥐어짜 놓은 듯한 색깔 같지요. 푸른 혈관 같기도 하고요."

기시카와는 잠시 위원들을 둘러보았다.

"그런데 도라지꽃을 따면 도라지가 영글지 않습니다. 도라지로서는 끝이지요. 연료를 뺀 자동차에 비유할 수도 있겠네요. 고교생 레스토랑은 요리사가 꿈인 학생들의 전부이자 처음부터 끝입니다. 마을 사람들은 도라지를 포기하는 대신 도라지꽃을 바쳤습니다."

"영업이 없는 날은 주민에게 개방해도 고교생 실습은 가능하잖아요?"

조직생활로 오랫동안 생계를 유지한 사람은 귀의 쓰임새를 거의 잊어먹고 산다. 경청의 자세가 없다. 일반적이고 그럴듯한 틀에 무조건 맞추려고만 든다.

"모포 한 장이 전부인 노숙자에게 그 모포마저 없다면 어떨까요?"

기시카와가 쐐기를 박았다. 화살을 떠나보내야 과녁을 맞힐 수 있는 법이다.

"고교생 레스토랑은 학생들의 성역입니다. 성역은 지켜져야 합니다."

눈앞의 보조금을 놓치더라도 학생들의 꿈을 훼손시키면 안 된다. 목적을 위해 수단 방법을 가리지 않는 행위는 기성관념에 물든 혼탁한 어른들로 족하다.

주인이 자주 집을 비운다고 이웃이 함부로 드나들면 안 된다. 그곳에는 집주인이 만드는 공기가 따로 존재한다. 고교생 레스토랑은 미래 요리사들의 연수를 위한 장소다. 고교생들의 미래라는 공기는 어린 싹과 같아 온실이 필요하다. 공기가 혼탁해지기 시작하면 처음의 푸른빛으로 되돌리지 못한다. 고교생 레스토랑은 고교생만의 공기로 따로 만들어져야 한다.

미에 현 보조금 2천만 엔이 지급된다는 통보를 받던 날, 기시카와는 기회의 여신에게 진심으로 감사드렸다. 그의 신념은 옳았다.

고교생 레스토랑 공모전 시상식은 오우카 고교에서 열렸다.

욧카이치 공업고등학교 건축과 학생의 작품이 최종적으로 채택되었다. 주최측은 공모해준 학생들을 모두 초청했고 고교생 레스토랑 건립에 힘써 준 이들도 빠짐없이 초청했다. 시상식은 흥겨운 파티 분위기였고 박수 소리로 가득했다.

마이크를 잡은 무라바야시는 꿈을 같이 이루어준 건축과 학생들에게 고마운 마음을 전했다.

"멋진 설계를 해주어서 고맙습니다. 여러분은 장차 건축가가 되어 훌륭한 건물을 많이 짓겠지만, 이 레스토랑 건물이 여러분의 첫 번째 설계였음을 잊지 마세요. 언제든 놀러 와도 좋습니다. 나중에 어른이 되어도 가족과 함께, 혹은 제자와 함께 오길 바랍니다. 우리도 이 레스토랑을 여러분의 첫 작품으로 소중히 지키겠습니다."

무라바야시의 뒤에는 '고교생의 꿈을 고교생이 이루어주다'고 적힌 현수막이 걸려 있었다.

건축이 시작되고 1년쯤 지난 2005년 2월 13일, 총 공사비 7천만 엔을 들인 고교생 레스토랑이 완성되었다. 따져보면 제3대 손자 가게다. 무라바야시의 집안도 음식점을 경영했지만 정작 그 자신은 가게를 가져본 적이 없다.

도면의 수치는 실제 감각과 확연히 다르다. 완성된 건물을 직접 눈으로 보니 어마어마하게 크고 넓었다. 지금까지의 손자 가게는 다락방 규모로밖에 보이지 않을 정도였다.

2월 19일이 정식 오픈이었다. 새롭게 각오를 다져야 한다. 손님이 들지 않으면 다락방보다 을씨년스러울 것이다. 비워진 그릇은 채워야 한다. 기시카와가 괜찮겠냐고 거듭 물었던 진의를 새삼스레 알 것 같았다.

졸업 시즌인 2월이라 정작 힘이 되어줄 3학년 학생

들은 이미 조리 클럽을 은퇴했다. 1, 2학년 학생들만
남아 있기에 다소 미숙한 상태로 출발해야 한다. 상황
이 상황인만큼 무라바야시도 학생들에게만 전부 맡길
수는 없었다. 그는 오픈을 앞두고 똑같은 꿈을 자주 꾸
었다.

가스레인지마다 펄펄 끓고 있는 크고 작은 냄비들.
어떤 학생은 무를 벌써 천 개나 썰었지만 썰어놓은 무
채는 순식간에 동이 난다. 서빙을 맡은 학생은 마하 시
속 1,224㎞/h의 속도로 주문서를 주방에 밀어 넣는다.
미처 주문을 확인하기도 전에 주문서가 남극 빙하처럼
두껍고 높게 쌓인다. 주방은 꽉 찬 열기로 사방이 뿌옇
다. 그 속에서 학생들의 땀이 홍수같이 쏟아진다. 무라
바야시 자신도 제정신이 아니다. 쉴 새 없이 손을 놀리
면서 학생들에게 서두르라고 다그친다. 실수하는 학생
에게는 호통을 친다. 손님을 하염없이 기다리게 할 수
없다. 우리의 손님들이다. 불안하고 초조한 무라바야
시는 손님들이 앉아 있는 좌석을 쳐다본다. 그런데 이
를 어쩌랴. 단 한 명의 손님도 없다!

주방은 정신없이 바쁜데 손님은 한 명도 없는 이상

한 꿈이었다. 그러다가 잠이 깨면 한밤중이었다. 막상 꿈의 문을 열면 그 너머에 무엇이 기다리고 있을까?

레스토랑 오픈이 가까워지면서 불안초조 증세는 그의 신체까지 갉아먹었다. 그의 체중은 10킬로그램이나 확 줄었다.

접객 서비스도 요리다. 손님이 찾아와 음식을 주문하고, 음식을 먹고 계산을 마칠 때까지의 프로세스를 훌륭히 치르려면 경험도 중요하지만 무엇보다 '생각'이 요구된다. 접객 서비스는 사람이 중심인 '인본 철학'이 주춧돌이다. '인본(人本)'은 사람을 위한, 사람에 의한, 사람의 언행이다. 가게를 찾아주는 손님은 일단 고마운 게 아니라, 무조건 고맙다. 시간이 없거나 배가 몹시 고파 우연히 들른 손님도 있다. 음식이 맛없다고 신경질을 부리는 손님도 있다. 맛있다고 단골이 돼주는 손님도 있다. 노인도 있고 아이들 손님도 있다. 장애를 지닌 손님도 있고 깡패 손님도 있다. 무작정 화부터 내는 손님도 있다. 그래도 다른 가게가 아닌 우리 가게를 찾아준 것은 고맙다. 그 고마운 마음에서 접객 서비스가 출발한다.

접객 서비스의 시작은 고마움부터다. 이 당연한 사실

을 사람들은 너무 자주 잊는다. 사람들은 요리를 먹지 않는다. 요리의 정성을 먹는다. 요리에 정성을 들이는 까닭은 요리가 사람을 위함이다. 내 가게를 찾아준 손님은 정성을 먹을 권리가 있다.

오픈 며칠 전 보건소 위생 검사도 무사히 마쳤다. 무라바야시는 학생들과 함께 접객 서비스 시뮬레이션 시간을 가졌다.

"어떤 걸로 하시겠어요?"

"뭐? 잘 안 들려."

청각장애 손님을 가정한 접객 서비스 시뮬레이션이다.

"굳이 소리를 지르지 말고 글로 적으면 좋지 않을까요?"

쳐다보던 한 학생이 살짝 의견을 낸다. 청각장애 손님, 접객 서비스 역을 맡던 두 학생이 알았다는 듯 고개를 끄덕인다.

거동이 불편한 노인의 접객 서비스도 시뮬레이션에 추가했다. 곁에서 지켜보던 기시카와는 색다른 역을 자청했다. 까다롭고 거친 손님 역할이다.

"음식 맛이 왜 이따위야!"

대뜸 소리부터 질렀다. 접객 서비스를 맡은 여학생이 당황한다.

"죄송합니다."

시뮬레이션이라는 사실을 잊은 것인지 여학생의 얼굴이 빨개진다. 기시카와는 험한 표정으로 더 세게 밀어붙인다.

"죄송하다면 다야!"

"죄송합니다."

여학생의 목소리는 더 기어들어 간다.

어떤 점이 불편을 끼쳤는지 손님에게 공손하게 물어야 한다고 무라바야시가 곁에서 조언해 준다.

요리와 마찬가지로 접객 서비스가 하루아침에 이루어지지지 않는다는 것을 그는 누구보다 잘 알고 있다.

접객 서비스는 손님의 눈높이다. 고교생 레스토랑은 고교생만 오지 않는다. 고교생 나이로는 고교생 이상의 눈높이가 되기 어렵다. 하지만 진짜 손님과 진짜 가게가 바로 코앞에 그 실현을 기다리고 있다.

그들이 할 수 있는 최대한의 눈높이가 노력이라 해봤자 열심히 하겠다는 순수한 정열뿐이다. 그것이 고교생 레스토랑의 성패를 좌우한다.

　고교생 레스토랑의 입구는 모던 스타일로 잘 표현되어 있다. 입구로 들어가면 좌우로 펼쳐진 공간에 지역 주민들의 문화작품을 전시했다.

　돔과 같은 원형의 레스토랑은 내부와 외부가 서로 밝게 녹아든 느낌이 풍긴다. 미래와 고교생, 고교생과 레스토랑이라는 테마가 실내 구조에 그대로 반영되었다. 레스토랑 내부는 주방과 손님 테이블이 놓인 홀 사이에 칸막이가 없이 시원하게 트여 있다. 홀에서 주방이 그대로 보인다. 주방을 완전히 오픈한 것이다. 홀에 있는 두 대의 모니터가 주방에서 일하는 학생들의 모습을 실시간으로 보여주고 있다. 모니터 밑에는 '주방 작업관람 모니터'라는 안내문이 적혀 있다.

　손님들은 음식을 주문해서 먹는 데 그치지 않고 고교생이 열심히 일하는 청량한 모습도 감상한다. 요리는 시각이다. 미래의 요리사를 꿈꾸는 고교생의 땀방울도 훌륭한 요리 감상 재료가 된다. 고교생 레스토랑만이 뽐낼 수 있는 자랑거리다.

고 교 생　레 스 토 랑

　2005년 2월 19일, 대지 191만 4,080㎡, 건평 37만 6,741㎡의 고교생 레스토랑이 드디어 문을 열었다. 일본 최초였고 아마도 세계 최초일 것이다.

　좌석은 74석. 손님들이 과연 올까? 온다면 얼마나 올까? 좌석의 3분의 1만 차도 성공이다.

　입구 안쪽에 서 있는 기시카와의 양 손에 땀이 흥건하다. 학생들의 눈동자에도 긴장감이 돈다. 진검 승부다. 진짜 손님에게 돈을 받고 요리를 내놓는 진짜 레스토랑이다.

오픈 시간이 10분밖에 남지 않았다. 기시카와는 궁금증을 참지 못해 살짝 바깥을 내다보았다. 회초리처럼 길고 선명한 줄이 보인다. 기시카와가 머리를 휙 돌렸다. 뒤에 서 있던 무라바야시가 그의 놀란 눈동자를 바라본다.

"직접 보세요."

오픈 시간 전인데도 손님들이 문 입구에서부터 길게 줄을 서 있다. 고교생들의 꿈 항아리를 채워주러 온 손님들이었다.

오전 10시 30분. 서빙을 맡은 학생들이 활짝 문을 열었다.

"어서 오세요!"

"어서 오세요!"

오픈과 동시에 좌석 74석이 순식간에 가득 찼다. 기뻐할 틈도 없다. 밀려들어 오는 손님을 보고 학생 중 몇 명은 패닉 상태에 빠졌다. 평소라면 아무렇지도 않게 해낼 수 있는 일도 실수를 거듭했다. 쟁반을 엎고, 주문한 요리가 아닌 엉뚱한 것을 내놓았다.

주방도 마찬가지로 전쟁터였다. 우왕좌왕하는 학생, 서두르다가 요리를 망치는 학생, 그릇을 깨뜨리는 학생……

"정신 차려! 아무리 바빠도 정신부터 챙겨야지. 손님들이 보고 계시잖아!"

우왕좌왕, 혼비백산인 가운데 무라바야시 자신도 너무 바빠 정신이 없기는 마찬가지였다. 학생들을 챙길여유도 없었다. 말투도 거칠 수밖에. 메뉴를 하나만 정했고 100인분 한정으로 했기에 망정이지, 만일 메뉴가서너 종류였다면 어땠을까? 생각만으로도 아찔했다.

"그렇게 빨리 국을 데우면 나중에 음식 나갈 때 식잖아!"

죽도는 연습에 불과하다. 공격하는 사람도 방어하는사람도 리얼리티가 떨어진다. 철철 흐르는 피도 없다.한 마디로 진검의 생생한 느낌을 도저히 알아낼 수 없다. 그저 상상에 맡길 뿐이다.

"죄송합니다! 다시 데우겠습니다!"

반면에 진검은 다르다. 칼에 베이면 목숨이 위태롭다. 혼신의 힘을 모으지 않으면 죽거나 살거나 둘 중하나다. 학교 교실에서 배우는 요리와 접객 서비스 실습은 리얼리티라고는 전혀 없는 숨결 없는 인형이다.그런데 손님에게 직접 주문을 받고 요리를 만들고 접객 서비스를 하는 행위는 긴장감이 철철 넘치는 생생한 현장이다.

"옆 사람과 보조를 맞춰야지! 너 혼자 먼저 만들면 어떡해!"

학생들은 처음 겪어보는 숨가쁜 현실에 우왕좌왕할 수밖에 없었다.

"죄송합니다! 죄송합니다!"

죄송하다는 말이 입만 열면 나왔다.

문득 정신을 차려보니 오후 1시. 이미 100인분 음식이 다 나갔다. 고교생 레스토랑은 준비한 분량의 음식이 매진되면 영업을 종료하는 것이 원칙이었다.

'오전 10시 30분 오픈해서 현재 시간 오후 1시. 불과 2시간 30분 만에 매진이라니!'

괴로움도 잠시였다. 감격의 물결이 밀려왔다.

무라바야시는 학생들과 함께 손을 맞잡고 껑충껑충 뛰었다. 바닥을 차며 뛰었고, 뛰면서 울었다. 울면서 또 울었다. 죽을 때까지 결코 잊지 못할 날이었다.

고등학교에 다니는 고교생이라는 신분은 이후의 삶에 대한 방향이 어렴풋이나마 보여야 마땅한 시기다. 되돌아보면 사람들은 그 시절을 대부분 그렇게 느낀다. 고교생활은 잔뜩 찌푸린 하늘처럼 무엇이 다가올지 모르는 불안한 시기다. 그렇다고 무언가를 당장 시작할 수도 없다. 기다리되 방향을 잡는 시기다. 불투명한 방향이라도 상관없다. 가야 할 것 같은, 그쪽에 가면 길이 보일 것 같으면 발길을 옮기면 되는 것이다.

고등학교는 졸업하면 바로 사회로 흡수되는 멀지 않은 미래의 자신이다. 하늘을 향해 뻗으려는 나무는 먼저 뿌리부터 튼튼히 만든다. 고교생은 물과 자양분을 되도록 많이 빨아들이는 뿌리라야 한다. 좋은 것, 나쁜 것, 곧은 것, 휘어진 것 등을 모두 빨아들이면서 곧장 앞으로만 뻗는 뿌리라야 한다.

손님들이 바깥에서 식사했던 초대 손자 가게나 본격적인 주방에서 정식으로 손님을 받던 제2대 손자 가게에서는 성실한 자세만 갖추면 나름대로 자기 임무를 완수할 수 있었다. 하지만 대규모 고교생 레스토랑에서는 성실한 자세만으로는 어렵다. 자신이 갖고 있는 실력의 120%를 발휘해야 비로소 대응이 가능한 것이다. 평상시 얼마나 얼렁뚱땅한지 혹은 성실한 자세로 노력하는지는 실습장소인 레스토랑 현장에서 가감 없이 드러난다. 적당한 속임수는 통하지 않는다. 거기다 학생들은 요리 재료의 구입과 마무리도 얼마나 중요한 일인지 알게 되었다. 그것만으로도 대단한 발전이다.

옷매무새도 달라졌다. 음식에 머리카락이 들어가면 당연히 손님에게 꾸중을 듣는다. 옷매무새를 제대로 하지 않으면 자신의 목을 스스로 조르는 셈이다. 정중한 말투, 깍듯한 인사, 미소를 띤 표정과 절도 있는 몸놀림. 모두가 직접 현장에서 일하면서 체득한 귀중한 재산들이다. 무엇보다 요리에 대한 정성이 싹트기 시작했다는 점이 괄목할 만하다. 정성을 들여 음식을 만들면 반드시 손님이 알아준다. 손님은 맛있게 먹었다고 감사를 표시한다.

'손님이 조금이라도 기뻐할 수 있게 정성을 기울여 요리한다.'

이를 능가할 요리철학은 이 세상에 존재하지 않는다. 요리는 손님의 기분까지 고려하는 마음가짐이다. 이러한 마음가짐의 유무는 요리사를 꿈으로 삼는 학생들이 사회에 진출했을 때 반드시 커다란 차이를 낳는다.

학생들에게 성과는 또 있었다.

지금 당장 내가 무엇을 해야 하는지, 스스로 생각하고 움직이게 된 것이다. 주위의 상황을 파악하는 동시에 재빨리 움직인다. 요리사에게는 요리 실력만큼이나 중요한 것이다.

무라바야시는 쓰지조 조교 생활을 오랫동안 하면서

그 능력을 익혔다. 그가 학생들에게 아무리 가르쳐도 주위까지 신경을 쓰기는 어려웠던 게 사실이었다. 하지만 학생들은 고교생 레스토랑에서 일을 하면서 저절로 자율적으로 변하였다. 그렇게 하지 않으면 레스토랑이 제대로 돌아가지 않는다는 절박함에 몰렸기 때문일 수도 있다. 1학년생에게는 아직 어렵겠지만, 3학년이 되면 '앞을 읽는' 능력이 갖추어진다. 교실에서의 수업이 아닌 실천교육만이 줄 수 있는 선물이다.

월·화·수요일 : 학교 수업 후 미팅을 포함한 요리기술 익히기, 고교생 레스토랑 메뉴 요리 순서 숙지.

목·금요일 : 식재료 구입과 손질.

토·일요일 : 고교생 레스토랑 실습 근무.

학생들의 바쁜 일과와 마찬가지로 무라바야시 자신도 매일 밤늦게까지 학교에 남아 고교생 레스토랑 실습 준비를 한다. 페이스를 따라가려면 몇 개월 정도 적응하는 시간이 걸린다. 어쩔 수 없는 일이었다.

고교생 레스토랑에서 내놓는 요리의 맛에 대해서는 대부분 좋은 평가를 얻었지만 의외로 초보적인 실수가 눈에 많이 띄었다. 설탕과 소금을 혼동하거나, 머리카락이 음식에 들어가거나, 심지어 깨진 그릇 파편이 음식에서 나온 적이 있다. 절대 있어서는 안 될 실수들이었다.

무라바야시는 문제점을 하나씩 철저히 분석해서 학생들 전원이 숙지하게 했고, 구체적인 대책을 세우게 했다.

접객 부분도 아직 많이 부족했다. 발이 꼬이는 바람에 음식이 든 쟁반이 손님 앞에서 통째로 엎질러지기도 했고 들고 온 된장국을 손님이 입은 하얀 와이셔츠에 쏟기도 했다. 음식점의 평판은 음식맛도 중요하지만 종업원의 부주의 같은 사소한 데서 순식간에 무너지기도 한다.

'손님이 끊기면 어쩌지?'

'요리가 맛없으면?'

'식중독이라도 발생하면?'

'혹시 화재라도 나면?'

고교생 레스토랑이 출범한 지 시간이 꽤 흘렀지만 무라바야시는 늘 노심초사였다. 대충대충 일하는 학생을 보면 화가 치밀었다.

"네 실수로 레스토랑 말아먹을 작정이야!"

실수한 학생에게 불같이 화를 내기도 했다.

"나중에 레스토랑 차리고 싶댔지? 지금처럼 삐딱하게 하면 차려도 금세 망해!"

사람은 누구나 실수한다. 프로조차 실수한다. 그 사실을 그가 모를 리 없었다. 하지만 학생들이 '이 정도는 괜찮겠지!' 하고 모호한 태도를 보이면 그는 혹독하게 다그쳤다. 고교생 레스토랑에서는 이미 교사와 학생의 관계가 아니었다. 상사와 부하직원이다. 철두철미한 비즈니스 정신을 가르친다. 돈을 못 벌면 문을 닫는다. 연수 목적으로 만들어진 레스토랑이라 학생들에게 돌아가는 돈은 없지만, 운영 수익만으로 레스토랑을 유지해야 한다. 마을이 앞장섰으니 학생들이 바통을 넘겨받아야 한다. 우리는 그런 것을 '의무'라고 부른다.

고교생 레스토랑은 학생들이 자체적으로 운영한다. 적어도 40명 이상의 스태프가 필요하다. 그만큼 규모면에서 압도적이다. 계산도 학생들이 맡아서 하고 납품전표에서 영수증까지 전 과정을 학생들이 관리한다. 돈의 소중함, 돈벌이의 어려움, 나아가 돈벌이의 기쁨과 금전감각을 키운다.

간혹 손님들로부터 직원 수가 너무 많다는 의견도 듣는다. 하지만 고교생 레스토랑은 어디까지나 학생들의 연수를 위한 실습장이라는 '특명'을 부여받은 장소라 어쩔 수 없다. 1학년 때는 칼도 제대로 잡지 못하는 학생이 많다. 학생 한 명이 어른 요리사 한 사람 몫을 충분히 감당할 수 있다면 한 사람에게 여러 역할을 맡기겠지만, 아직까지는 배우는 도중이다. 하나의 단계를 제대로 숙달시켜야 비로소 다음 단계로 넘어갈 수 있다.

무라바야시는 한 걸음씩 확실히 몸에 밸 수 있도록 교육시키는 게 가장 중요하다고 생각했다. 비유하자면 식품조리과 학생들은 훌륭한 운동선수가 되는 꿈을 안고 '기초체력'을 열심히 다지는 중인 것이다.

무라바야시는 고교생 레스토랑에서 적당히 넘어가는 법이 없었다. 실수하면 호되게 야단치고 지시사항을 벗어난 행위를 하면 반드시 보고하도록 했다. 물론 학교에서 수업할 땐 학생 모두를 평등하게 대하고, 한 학생씩 꼼꼼히 살피며 지도한다. 하지만 레스토랑에서의 상황은 다르다. 학생들의 일하는 모습을 보고 도저히 안 되겠다 싶으면 경우에 따라 다른 학생으로 교체하기도 했다. 학생들이 불평해도 레스토랑을 유지하려면 어쩔 수 없었다. 고교생 레스토랑은 고교생의 요리 연수를 위한 실습장이지만 동시에 진검승부를 펼치는 리얼리티의 세계이기 때문이다. 아무리 고교생의 연수 장소라고 해도 적당한 타협은 금물이다. 돈을 받고 손님에게 음식을 제공하는 엄연한 레스토랑이기 때문에 무조건 프로다워야 한다.

무라바야시는 고교생 레스토랑의 역할 분담을 고려해 반드시 한 번은 각 과정을 해보며 꼼꼼하게 체크했다. 새로운 메뉴가 나올 때도 직접 그 요리를 해본다. 스톱워치를 누르고 고교생 레스토랑이 추구하는 시간 내에 요리를 만들 수 있는지 테스트한다.

8분.

8분이 지나면 늦어진 원인을 찾는다. 원인을 제거하고 다시 시도한다. 8분 이내로 성공하면 이번에는 100인분의 메뉴가 동일한 과정을 거쳐 8분 내에 1인분씩 가능한지 테스트한다. 그가 누구인가? 그는 쓰지조에서 직원들 100명의 점심식사를 혼자 준비했던 경험이 있는 것이다.

'할 수 있겠어!'

한밤중을 지나 새벽 3시가 가까워 오는 시각, 식품 조리과 실습실에 켜진 형광등 불빛만이 무라바야시의 진지하고 묵직한 수행을 격려하는 듯하다.

자신이 정한 셀프 테스트를 하나라도 통과하지 못하

면 새로운 메뉴는 미련 없이 접는다. 그런 후에 자신이 느낀 점이나 실험했던 결과를 학생들에게 알려준다. 무라바야시 자신이 할 수 없는 일은 학생들에게 절대 시키지 않는다.

반면 그는 능력을 넘어서는 일도 학생들에게 도전해 보라고 격려했다. 밑바닥 힘까지 모두 끌어내 너덜너덜해져도 일단 성공만 하면 자신감이 여름날 수은주처럼 올라가는 것이다. 반면에 도저히 안 되는 학생은 한 단계씩 착실히 밟게 한다. 지금 시점에서 학생들 간에 차이가 존재해도 사회에 나가서까지 그 차이가 유지된다고 장담할 수 없다. 지금은 지금일 뿐이니까 냉정히 실력을 판단해 학생들에게 일을 맡긴다. 일단 맡기면 아무리 걱정이 돼도 학생들을 무조건 믿었다. 맡겨진 일에는 책임감이 생기기 마련이니까.

교사는 처음부터 학생들의 색깔을 판단해서는 안 된다. 아무리 가르쳐도 안 돼, 그 정도면 됐어, 따위로 미리 색칠하면 학생들의 미래에 다양한 다른 색깔은 존재하지 않게 된다.

준비된 학생들

　오우카 고교 식품조리과 학생들은 학교 수업을 통해 예로부터 전해오는 요리의 기법, 기초기술의 습득, 전통요리, 음식의 역사 및 식재료의 특징을 공부한다.

　정규수업에서 창작요리나 퓨전요리 등은 만들지 않는다. 조리 클럽의 활동은 학교 수업과 다르다. 기초기술의 반복 연습도 하지만, 창작요리나 요리대회의 응모 작품 만들기, 특수한 식재료를 사용한 고급요리 등 여러 가지 기술을 배운다. 고교생 레스토랑도 조리 클럽 연수라는 연장선에 놓여 있는 것이다.

매년 고교생 요리대회가 전국 각지에서 열린다. 한 학교당 1~2명만 출전할 수 있다. 조리 클럽 멤버 중에서 선발하기란 쉽지 않은 노릇이지만, 무라바야시는 지원자가 요리한 작품을 시식한 후 최종 평가를 내린다. 맛이 없으면 안 되겠지만, 요리를 돋보이게 만드는 장식도 시각적으로 꽤 중요하다.

고교생 레스토랑 연수의 경우는 모두 일치단결해서 훌륭한 팀워크를 이룬다. 상급생 하급생의 관계도 엄격하다. 하지만 요리대회는 서로 양보가 없다. 클래스메이트는 물론이고 상급생 하급생을 막론하고 모두 라이벌이다. 실력으로 승부를 펼치는 요리대회는 냉정할 수밖에 없다.

결승전까지 진출한 학생은 무라바야시에게 본격적인 요리지도를 받는다. 그는 결승 진출자에게 어떻게 하면 더 맛이 날지, 향신료는 다른 걸 사용하면 어떨지 등등의 여러 가지 과제를 부여한다.

지방에서 열리는 요리대회에는 되도록 그 지방 특산물을 사용하도록 권한다. 좋은 부분은 살리고, 나쁜 부분은 과감히 버린다. 출전한 모든 요리의 맛을 보는 심사위원의 상황을 고려해서 싱거운 것보다 약간 짙은 맛이 심사에 유리할 것이라는 조언도 빠트리지 않는다.

전국적 규모의 요리대회에 처음 참가해본 학생은 누구나 놀란다. 본인이 다니고 있는 오우카 식품조리과의 수준이 얼마나 높은지 비로소 실감하기 때문이다. 2012년 현재, 18년째를 맞이한 오우카 고교의 식품조리과는 조리전문과정이 개설된 공립학교 중에서 단연 톱이다. 이미 전국 요리대회에서 250회 이상의 입상 경력이 있다.

미에 현은 물론, 전국적으로 유명해진 고교생 레스토랑에는 거리에 상관없이 각지의 손님들이 찾아준다. 교육관계자들의 견학이나 시찰 행렬도 줄을 선다.

학생들이 직접 요리하지만, 고교생 레스토랑 메뉴에는 무라바야시가 쓰지조 시절부터 닦아온 실력이 집약되어 있다. 고급식재료는 아니라도 지역에서 생산되는 자연소재를 중심으로 화학조미료를 거의 사용하지 않기에 담백하고 부드러운 맛을 낸다.

사람들은 이구동성으로 말한다.

"고교생이 이 요리를 만들었다고요? 정말 대단하네요!"

요리는 준비과정이 생명이다. 우동이나 튀김이나 생선회도 마찬가지로 준비과정이 첫째다.

레스토랑 영업 이틀 전부터 학생들은 학교에서 준비 과정에 돌입한다. 홍당무를 깎거나 무채를 써는 것 모두 준비과정이다. 요리의 준비과정이지만 단조롭고 지루한 과정이다. 준비과정을 소홀히 하면 절대 훌륭한 요리사가 될 수 없다. 가령, 쌀 씻는 것도 기술이 필요하다. 쌀을 너무 빨리 씻으면 밥맛이 떨어진다. 쌀이 쌀뜨물을 흡수하도록 천천히 씻는다. 집중해서 씻는게 무엇보다 중요하다. 가다랭이와 다시마를 넣고 우려내는 다시도 마찬가지다. 똑같은 분량, 똑같은 순서, 똑같은 레시피로 만들어도 사람에 따라 맛이 조금씩 다르다. 화력의 강도, 심지어 손님에게 내놓을 때의 자세에 따라 미묘하게 맛이 차이가 나는 것이다.

소림사에 입문한 동자승의 첫 시련은 물지게에 물을 가득 싣고 산을 오르락내리락하는 훈련이다. 1학년생은 채소만 다듬을 때가 많다. 하루종일 수백 명분의 채소를 다듬다 보면 처음에는 일정한 방향과 모양을 유지하지만 나중에는 귀찮고 힘들어 대충 다듬게 된다. 동자승은 피곤하고 지쳐 물지게의 물을 조금씩 버리거나 흘린다. 스승의 대응방식은 똑같다. 처음부터 다시 시킨다. 이유를 말해줘도 그들은 이해하기 어렵다.

"네가 지금 깎고 있는 오이는 수백 명이 먹을 거야."

무라바야시는 그렇게 말하며 손에 물집이 잡힌 1학년생의 어깨에 손을 얹는다.

"너한테는 수백 명분의 오이라도 먹는 사람은 한 사람이거든."

회초리를 들거나 한 시간 물구나무 서기 따위는 어떠한 경우에도 시키지 않는다.

"한 사람이 먹는다고 생각하고 오이를 깎아."

스승은 1학년생의 어깨 위에 얹은 손에 살짝 힘을 준다. 아직 어린 제자는 그 손길을 따뜻하다고 느낀다.

고교생 레스토랑 오픈 초창기에는 메뉴가 하나뿐이었다. 게다가 100인분의 식사만 준비했다.

아침 10시 30분에 오픈해서 100인분의 식사, 즉 100명이 다녀가면 그날의 영업은 시간에 제한 없이 종료된다. 그들의 레스토랑은 돈벌이가 목적이 아닌 실습과 연수에 목적을 둔 성역이기 때문이다.

2012년 현재는 '손자 가게 정식' 등 세 종류의 메뉴가 제공되고 있다. 메뉴의 가격은 1천 엔으로 동일하다. 제공하는 요리의 수량도 200~250인분으로 대폭 늘렸다.

요리의 수량을 미리 정하는 이유는 다음과 같다. 첫

째, 요리의 수량은 학생들의 기량에 좌우된다. 요구되는 수준을 일정한 속도로 무리 없이 해내야 요리의 질이 유지된다.

둘째, 토·일요일과 공휴일에만 운영하기에 요리의 수량에 제한을 두는 시스템을 취하고 있다. 셋째, 제공할 수 있는 식사의 수량은 계절마다 바뀐다. 봄은 신입생인 1학년이 들어오기에 여러모로 서투르다. 그래서 200인분으로 제한한다. 가을에서 겨울에 걸친 기간은 슬슬 익숙해지기에 250인분까지 가능해진다. 지금까지 최고 기록은 330인분이다.

정기적인 세 가지 메뉴 이외에 '요리 콩쿠르 우승 런치' 메뉴도 있다. 과거에 오우카 고교 식품조리과가 우승한 작품만 모아 전채부터 메인까지 이를테면 미니 디너로 제공된다. 콩쿠르 우승 런치는 1,200엔으로 다른 메뉴에 비해 200엔 비싸지만 인기가 대단하고 수량도 한정되어 레스토랑이 오픈하자마자 30분이면 마감된다.

또 한 가지 특별 메뉴가 있다. 하루에 한 팀만 한정으로 예약받는 가이세키(會席) 풀코스 요리다. 가이세키는 중화요리처럼 요리의 양을 풍부하게 해서 여러 사람이 동시에 먹는 게 아니라, 한 사람마다 똑같은 형식의 요리를 제공하는 것을 말한다. 이를테면 똑같은 양, 똑같은 재료가 들어간 도시락을 각자 받는다고 생각하면 된다. 다만 도시락처럼 한꺼번에 담지 않고 하나씩 새로 만든 요리를 순서대로 제공하는 일품요리다. 창의성을 가미하면서도 요리의 맛을 끌어올리지 않으면 안 된다. 창의성과 요리의 맛, 이 두 마리 토끼는 학생들이 장차 자신의 음식점을 차리면 끝까지 지켜야 할 중요한 테마이다.

가이세키 풀코스 요리는 조리 클럽 학생들의 실력이 후회 없이 발휘된다. 학생들도 지금까지 배운 요리공부의 전부라고 말할 정도다. 덕분에 최고의 인기를 누리고 있다. 당연히 몇 개월 전부터 예약이 밀린다.

제2대 손자 가게였던 식당은 어떻게 되었을까?

여전히 조리 클럽 학생들이 운영하고 있다. 고교생 레스토랑과 메뉴가 다르기에 공존할 수 있다. 고카쓰라이케 유원지 내에 별도의 가게가 한 곳 더 있다. 조리 클럽 멤버들이 '지점'이라고 부르는 간이 판매점으로 도시락을 판다. 토요일과 일요일에 50인분의 도시락을 한정 판매한다. 가족 단위로 유원지에 많이 놀러 오기 때문에 '즐거운 도시락'이라는 이름을 붙였다.

또한 지역밀착형 슈퍼마켓의 반찬 코너에도 직접 만든 도시락을 납품하고 있다. 가정주부가 주요 고객층이다. 이곳 도시락의 이름은 '청춘도시락'이다. 토요일과 일요일 한정 판매로 190인분을 내놓는데, 인기가 좋아 순식간에 동이 난다.

오우카 고교 조리 클럽 멤버들은 주말에 고교생 레스토랑에서 250인분, 지점에서 판매하는 즐거운 도시락 50인분, 슈퍼마켓의 청춘도시락 190인분으로 합계 490인분의 음식을 판다. 지역의 축제, 이벤트에도 오우카 식품조리과 학생들은 1순위 섭외대상이다. 행사 주최측의 요청으로 도시락을 판매하는데 하루 평균 200인분 이상이 팔린다. 최다 600인분까지 판매한 적도 있다. 주말에 한정되지만 지역 축제와 이벤트를 비롯해 평일의 식재료 구입과 준비기간을 포함하면 아마 전 세계에서 가장 바쁜 고교생들이라고 해도 무리가 없을 것이다.

무라바야시 자신도 학교 수업에, 고교생 레스토랑, 거기다 요리교실 강의로 정신없이 바쁘다. 지역주민의 원조와 세금이 고교생 레스토랑을 만들었고, 학생들은 지금의 고교생 레스토랑을 훗날의 역사로 만들고 있는 중이다. 그는 요리교실 강의에 지역주민들과 오우카 고교의 홍보대사 역할을 수행한다는 기분으로 성실하게 임한다. 정기적으로 개최되는 요리강의만 일곱 강의에 수강생 300명. 간혹 비정기적으로 들어오는 요리강의 요청이 한 달에 두세 건이다. 요리강의 때마다 학생을 조수로 기용하는 시스템은 변함없다.

조리 클럽 멤버들은 여름방학이나 겨울방학에도 레스토랑, 가게, 이벤트 등으로 쉴 새 없이 바쁘다. 3학년생이 쉴 수 있는 날은 기껏해야 몇 개월에 한 번 정도. 다행히 요리라고 하면 열정이 치솟는 그들이라 무라바야시가 쉬라고 아무리 권해도 꿈쩍도 않는다.

무라바야시는 이벤트, 축제 등의 섭외가 들어오면 먼저 그 행사가 학생들을 위한 것인지 세심하게 따진다. 그리고 자기 멋대로 정하지 않고 학생들과 의논한다.

"이러저러한 상품 개발건이 있는데, 조금 무리일까?"

학생들은 혹여라도 그가 그 일을 하지 않겠다고 할까봐 서둘러 대답한다.

"괜찮습니다. 재밌을 것 같은데 시켜주세요!"

무라바야시가 어렵지 않을까, 라고 생각해도 학생들은 시켜달라고 조른다. 학생들의 적극적이고 거침없는 자세가 무라바야시 자신에게도 큰 격려가 된다.

한 사람의 영웅을 빠트릴 수 없다. 지금의 고교생 레스토랑, 손자 가게의 실현은 공무원 기시카와 덕분이라고 해도 과언이 아닐 것이다. 그가 아니었다면 오우카 고교 식품조리과의 현재는 상상하기 어려웠을 것이다.

무라바야시는 주위 사람들에게 기시카와의 집 쪽으로는 함부로 발을 쭉 뻗고 잘 수 없다고 말하곤 한다. 진심으로 그렇게 존경심을 품고 있다.

학생 신분일 때 실패를 경험해 두면 좋다. 얼마든지 실패해도 얼마든지 만회할 기회가 있기 때문이다.

무라바야시는 "변화구는 나중에 구사해도 된다. 지금은 직구만으로 승부해야 한다."고 강조한다.

어떤 학생들은 이렇게 묻는다.

"선생님, 이토록 심하게 연습할 필요가 있나요? 조리면허증도 그냥 나오는데."

오우카 식품조리과 학생은 학점을 이수하고 졸업하면 누구나 시험을 치르지 않아도 조리면허증을 자동으로 취득한다.

무라바야시에게 그렇게 불평을 늘어놓는 학생도 간혹 있지만 요리의 세계는 자격만으로 통용되지 않는다. 대충 졸업해서 사회에 진출하면 큰코다치는 장본인은 바로 학생 자신이기 때문이다.

"차라리 다른 식당에서 아르바이트를 할래요."

고교생 레스토랑 초창기에는 이렇게 말하는 학생도 더러 있었다.

고교생 레스토랑은 실습의 연장이라 아르바이트 요금을 지불하지 않는다. 아르바이트로 일하는 것과 고교생 레스토랑에서 일하는 것은 의미가 다르다. 다른 곳에서 일하면 얼마간의 돈은 받겠지만 아르바이트 고교생에게는 결코 책임 있는 업무가 맡겨지지 않는다. 리얼리티의 세계는 그렇게 호락호락하지 않다. 일반 음식점에서는 고교생 아르바이트에게 누가 해도 할 수 있는 뻔한 일이나 간단한 잡무 정도만 시킨다.

고교생 레스토랑에서는 요리부터 서비스, 회계까지 모든 걸 경험해야 한다. 보통 레스토랑이라면 구경하기도 힘든 주방도 맡긴다. 일반 음식점 아르바이트생으로서는 절대 경험할 수 없는 일이다. 일일이 붙들고 프로세스의 의미를 친절하게 알려주는 음식점 또한 없다. 장사하는 입장에서는 그렇게 하는 것이 시간 낭비인 것이다.

고교생 레스토랑에서는 하나의 프로세스에 담긴 의미까지도 정성껏 가르친다. 이 요리에 왜 이 조미료를 쓰는지, 이 요리를 만들 때 왜 화력을 세게 하는지, 왜 이 요리에는 젓가락을 이쪽 방향으로 놓는지. 고교생 레스토랑은 배움이 목적인 연수시설이다. 아르바이트와는 근본적으로 의미가 다르다. 지식과 경험의 양날을 절묘한 밸런스로 습득할 수 있는 희소가치 100퍼센트의 시설인 것이다.

'지금은 모르겠지만 학생들도 언젠가 내가 의도하는 바를 알게 되겠지!'

무라바야시는 무슨 일이 있을 때마다 그렇게 스스로를 위로한다. 가르침은 시간이 걸리는 법이다.

고교생 레스토랑 오픈 초기에는 학생들이 당황해서 절대 해서는 안 될 실수를 저지른 적도 많다. 바깥에서 순서를 기다리는 손님들을 위해 입구 담당 서비스 학생은 손님의 이름을 웨이팅 보드에 순서대로 적어 놓는다. 그런데 하루는 손님이 너무 많아 준비해 놓은 250인분의 음식이 일찌감치 동이 났다. 담당학생은 웨

이팅 보드를 내리는 것을 깜빡했고 몇십 명의 손님이 마감된 줄도 모르고 마냥 기다리고 있었다.

사과하는 수밖에 도리가 없었다. 무라바야시는 바깥으로 나가 학생들과 함께 몇 번이고 고개를 숙여 사과했다. 간이 오그라드는 느낌이었다. 요리사 자격증은 누구나 딸 수 있다. 원하면 누구나 요리사가 될 수 있다. 하지만 요리사가 되는 것과 요리사로 살아가는 것은 개구리와 공룡만큼이나 차이가 난다. 요리사로 살아가는 것은 공룡으로 살아가는 것만큼 힘들다.

신입생인 1학년 때는 주방에 있으면 쉬지 않고 돌아가는 팽이처럼 정신이 없다. 흐름만 따라잡는 데도 온 신경을 기울여야 한다. 선배들에게 야단을 맞으며 열심히 따라하다 보면 어느새 몸이 자연스럽게 움직이게 된다. 2학년이 되면 다음에 이루어질 프로세스가 저절로 보이기 시작한다. 3학년이 되면 여기는 이렇게 하는 게 더 좋겠다, 저기는 사용하기 불편하니 이렇게 바꾸자, 등의 궁리를 할 수 있을 만큼 성장한다.

고교생 레스토랑에서 사용하는 주문전표도 학생들이 고안한 오리지널 그대로다. 주방과 서비스, 재료창고의 체크 노트도 학생들이 독자적으로 고안했다. 무라바야시는 학생들이 착안한 아이디어나 개선 제안은 크게 문제가 되지 않으면(영화 포스터 크기의 컬러풀한 레시피를 손님에게 보내준다는 아이디어는 곤란하다. 팩스 기계에 집어넣을 수 없기 때문에) 모두 수용해 준다. 학생들 스스로 시행착오를 거쳐 최적화된 해답을 찾아가는 과정이 중요하다고 생각하기 때문이다. 혹여 잘못되면 교사에게도 책임이 따르겠지만 돈의 관리는 가능한 학생들에게 일임한다. 물수건, 나무젓가락, 전표 등등 소모품의 발주도 그들에게 맡긴다. 각기 담당을 정해 1년 동안 책임을 지고 관리하도록 한다. 각 담당은 재고 체크 노트를 만들어 재고가 줄어들면 주문용지를 해당업자에게 팩스로 보낸다. 학생들은 레스토랑 운영을 직접 경험함으로써 어떤 경비가 어떻게 발생하는지를 알 수 있다. 단순히 매출액과 경비를 파악시키려면 무라바야시 자신이 학생들에게 "이번 달은 매출이 얼마고, 경비는 얼마 발생했다"고 말해주면 그뿐이다. 하지만 직접 발주하고 직접 지불함으로써 학생들은 실감한다. 그게 현장 교육이고, 고교생 레스토랑의 연수 목적이다.

물론 경험만이 최고의 스승은 아니다. 만일 경험이 모든 걸 말해준다면 학교 따위는 필요 없을지도 모른다. 학교수업은 이론에 충실해야 한다. 왜 그런 요리 방법을 쓰는지, 그 요리는 어떤 역사가 있는지 등등의 지식을 배워두면 여러 모로 쓸모있다. 어찌 보면 긴 인생에서 고교 3년 동안 배우는 확실하고 제대로 된 이론 공부는 헛된 것이 아니다. 요리의 세계는 장시간 중노동이다. 나중에 사회에 나가 요리사의 길을 걸으면서 매일 파김치가 되어 귀가해 불을 밝히고 이론 공부를 하는 사람은 흔하지 않을 것이다. 그렇기에 3년 간 고등학교에서 실컷 배운다. '공부야말로 학생의 본분'이라는 말은 이런 경우를 두고 일컫는 말일 것이다.

반면에 학교 수업은 리얼리티의 세계가 없다. 학교는 상상이고 현실은 냉정한 킬러다. 총으로 쏠 수 있는 사정거리를 좁힐 수 있는 공간이 바로 고교생 레스토랑이다.

고교생 레스토랑 주방에 조리 클럽 멤버들 모두 설 수는 없다. 까다로운 테스트를 거쳐 합격한 학생에게만 기회가 주어진다. 무라바야시가 직접 보는 앞에서 한 사람마다 주어진 과제의 음식을 만든다. 요리 실력을 포함해 스피드도 엄격한 채점 대상이다.

"시작!"

학생들은 그렇게 수없이 연습했건만 긴장이 심해 생

각대로 손이 움직이질 않는다. 어깨에 힘이 너무 들어가 칼에 손을 베는 학생도 속출한다.

"안 돼! 불합격! 그렇게 엉망으로 채를 썰면 손님에게 못 내놔."

무라바야시의 평가는 가차없다.

물론 다음 기회는 얼마든지 있지만 합격한 동급생을 보면 창피하고 자존심이 상한다. 연습에 매진하면 다음에 합격할 수 있다고, 무라바야시는 테스트에 떨어진 학생들을 격려해 주는 것도 잊지 않는다.

테스트에 합격하면 고교생 레스토랑의 주방이라는 화려한 무대에 데뷔한다. 하지만 그것은 시작에 불과하다.

"빨리 해! 꾸물대면 요리가 식어!"

"으아, 알았습니다!"

많은 손님들의 눈길이 향하는 툭 트인 주방에서 손님들이 주문한 음식을 기다리고 있다는 압박감, 학교에서와는 전혀 다른 선배들의 엄격한 주문과 지시, 그런 분위기에 압도되어 학생들은 실수를 저지르기도 한다.

침착하려고 애쓰지만 마음처럼 쉽지 않다. 실수를 두려워한 나머지 조심하다 보면 이번에는 속도가 너무 느리다. 한 파트가 느리면 주방 전체의 흐름이 깨어지기 쉽다.

"안 되겠다. 교대!"

결국 실수를 되풀이하는 학생은 다른 학생으로 교체된다.

고교생 레스토랑에서, 손님이 들어오면 주문을 받고 요리를 내놓는 목표 시간은 '8분'이다.

학생들에게는 결코 호락호락하지 않다. 손님이 들어오면 입구에 있는 접객 서비스 담당이 테이블까지 손님을 안내한다.

"2번 좌석 네 분입니다!"

접객 서비스 담당의 말에 주방의 전원이 커다란 목소리로 화답한다.

"어서 오세요!"

그런 뒤 움직임이 바빠진다.

스타트→ 튀김 담당은 4인분의 새우와 채소를 끓는 기름에 넣는다. 튀김은 모든 메뉴에 공통적으로 들어간다.

2분 후→ 접객 서비스 담당이 손님의 주문 내용을 주방에 알려준다.

7분 경과→ 자, 튀김이 완성되었다. 국 담당이 쟁반에 김이

모락모락 오르는 국을 올려놓고, 다른 요리 담당도 부지런히 손님이 주문한 요리를 쟁반에 올린다.

8분→ 최종적으로 요리 장식 담당이 갓 튀긴 새우와 채소를 보기 좋게 배열해서 재빨리 접객 서비스 담당에게 내민다.

8분이라는 시간은 능숙하면 문제없지만 한 파트에서 실수하면 순식간에 흐름이 뒤죽박죽 엉키고 만다. 고교생 레스토랑이 정한 8분은 학생들 전원이 호흡을 일치해야 비로소 가능한 속도요 시간이다.

요리는 스피드다. 스피드하면서 각 구간의 속도가 일정한 마라톤이라야 한다. 고교생 레스토랑 메뉴인 '하나고젠'의 마무리 장식은 1인분에 15초 가량 걸린다. 20인분이라면 처음과 나중에 5분 차이가 난다. 다른 사람이 먹는 걸 보면서 5분을 기다리는 것은 배고픈 손님에겐 아주 죽을 맛이다. 방법을 강구해야 한다. 이를테면, 채소절임을 놓는 접시 20개를 일렬로 늘어놓고 하나씩 담으면 몸을 이리저리 움직여야 하기에 시간이 걸린다. 채소절임 접시를 위로 한 줄로 쌓아놓고 담으면 어떨까? 당연히 몸을 움직이는 시간이 절약되면서 각 구간의 스피드가 향상된다. 요리는 신속함이 생명이라 학교 실습에서도 줄곧 스톱워치를 사용한다. 하지만 시뮬레이션은 현실의 가상이지, 정확한 현실은 아니다. 현실에서는 주문한 음식을 기다리고 있는 손님들이 엄연히 존재한다. 긴박감이 다르다.

요리를 만드는 스피드는 초 단위를 극복하면서 결정된다. 1초라도 빠르고 정확해야 실력을 인정받는다. 스피드와 마찬가지로 요리는 타이밍이 중요하다. 메뉴 중 '가이세키 코스 요리'가 타이밍을 가늠하기 가장 어렵다. 가이세키 요리는 완전 예약제로 하루에 20인분 한정으로 판매하고 있다. 가이세키 코스는 요리를 하나씩 차례로 내놓는데, 적절하고 빠른 타이밍이 필수다. 손님이 일품요리를 다 들면, 그 다음 요리가 바로 나와야 한다. 접객 서비스 담당은 늘 손님 테이블의 상황을 주시하다가 주방에 즉시 보고한다.

"거의 모든 손님이 다 드셨고, 한 분도 곧 끝날 것 같아요."

"1분 후에 다음 요리 나갈 수 있도록!"

선배가 후배에게 짤막하게 지시한다.

"예, 준비할게요."

미리 만들어놓으면 될 것 같지만 천만의 말씀이다. 차가운 요리는 차갑게, 뜨거운 요리는 뜨겁게 만든다. 그것이 요리의 기본이다. 타이밍은 단순히 다음 요리만 준비하면 되는 게 아니다. 다음 요리의 다음 요리, 다음 요리의 다다음 요리까지 각각 상황에 따라 요리의 진행도를 읽고 있어야 한다.

무라바야시는 가이세키 코스 요리가 고교생에게는 꽤 고난도의 수준이라고 여겨, 고교생 레스토랑 오픈 초기에는 실행하지 못했다. 그러다가 메뉴에 집어넣고 서서히 양을 늘려 지금은 30인분 정도는 제공할 수 있을 만큼 학생들의 실력이 향상되었다. 무라바야시는 '하면 된다!'를 가르치는 동시에 '해야만 한다!'는 사실도 가르친다.

고교생 레스토랑 메뉴
하나고젠

고교생 레스토랑의 요리 이야기를 좀 더 해보자.

튀김은 고교생 레스토랑에서 손님들의 가장 좋은 평판을 얻고 있는 요리 중 하나다. 튀김 담당이야말로 학생들 사이에서도 제일 타고 싶은 '꽃가마'다. 주방에서 제일 화려한 조명을 받는 선망의 대상이다.

튀김을 잘하기란 결코 쉽지 않다. 튀김이 '요리'라는데 저항감을 느낀다면 고교생 레스토랑의 튀김 담당자를 따라가 보자.

1학년 때는 하루에 460마리 이상의 새우만 다듬는다. 먼저, 새우껍질을 벗긴다. 그리고 지느러미처럼 생긴 꼬리를 경사지게, 즉 잠수함 꼬리 모양으로 잘라낸다. 새우 꼬리 끝부분에는 수분이 많이 포함되어 있어 튀길 때 그 수분 때문에 기름이 사방으로 튀기 때문이다. 다음은 등에 칼집을 내어 껍질 밑에 있는 검은 실 같은 것을 제거한다. 검은 실은 새우의 장(腸)이다. 마지막 작업으로 새우를 도마에 대고 지그시 누르면서 배에 칼집을 낸다. 칼집내기는 익숙하지 않으면 상당히 어렵고, 시간도 많이 걸린다. 칼집내기가 서투르면 튀길 때 새우가 동글동글 말린다. 둥글게 말린 새우는 맛은 별도로 쳐도 외관상 그런 꼴로 손님에게 내놓을 수 없다. 새우는 뭐니뭐니 해도 튀김계의 주역이기 때문이다.

2학년이 되면 비로소 기름에 넣고 튀기는 과정을 맡는다. 이때 튀김옷의 바삭거림이 중요하다. 밀가루에 묻힌 새우를 끓는 기름에 넣었을 때 살짝 튀는 정도가 적당하다. 훈련과 경험이 절대적으로 필요하다. 튀김옷을 입힌 새우를 넣을 때는 손가락이 끓는 기름에 닿을 만큼 가까워야 한다. 무섭다고 젓가락 따위를 사용하면 모양이 흐트러진다. 반드시 손으로 해야 한다. 튀김 담당을 맡은 학생은 예외 없이 팔에 화상을 입는다. 무라바야시도 튀김 요리를 배우면서 화상깨나 입었다. 고교생 레스토랑에서는 화상의 흔적(많을수록 좋다)이 2차 세계대전의 무공훈장보다 더 귀한 대접을 받는다.

고교생 레스토랑 메뉴에는 어디든 꼭 두 마리의 새우 튀김이 포함된다. 식당용 튀김 프라이팬으로 한 번에 새우를 튀길 수 있는 양은 기껏해야 12마리, 즉 6인분이다. 열 명의 주문을 한꺼번에 받았다고 치자. 새우 튀김은 3분이 걸린다. 전후의 마무리를 감안하면 4분 정도가 소요된다. 6인분을 한 번에 튀겨도 남은 4인분은 4분 후에야 완성된다. 4분 전의 튀김과 4분 후의 튀김은 바삭함에 차이가 난다. 그래서 튀김 프라이팬 두 개를 동시에 사용한다. 동시에 새우를 튀기기 때문에 상당히 빠른 손놀림이 요구된다. 재빠르고 정확하지 않으면 처음에 프라이팬에 넣은 새우와 나중에 넣은 새우의 맛이 달라진다. 그래서 튀김요리는 어렵고, 경험과 숙련도가 필수적이다.

튀김옷을 입힌 새우는 끓는 기름에 넣으면 일단 프라이팬 밑으로 내려간다. 기름 온도가 적당하면 맨 밑바닥까지 내려가지는 않는다. 새우를 너무 많이 넣으면 기름 온도가 내려간다. 조금이라도 온도가 낮으면 툭, 하고 프라이팬 밑바닥으로 새우가 추락한다. 밑바닥에 떨어지면 튀김옷이 벗겨지기에 손님에게 내놓기 어렵다. 반대로 기름 온도가 높으면 튀김옷이 금세 딱딱해진다. 새우를 튀기기 전 조금만 화력을 올려 온도가 내려가지 않게 해놓고, 새우를 넣고 관찰하면서 화력을 조절하는 게 요령이다.

계속적인 노력은 힘으로 축적된다. 학생들은 수백 번 이상 연습해서 자신만의 요령을 터득해 나간다. 튀김은 일본어로 '덴푸라(天ぷら)'다. 덴푸라는 포르투갈어 tempero, 혹은 스페인어 templo에서 유래했다는 설이 있다. 아무튼 16세기에 섬나라 일본을 찾아온 포르투갈 상인이 덴푸라 기술을 전수해 주었다. 일본어에서는 덴푸라가 가짜라는 뜻으로 사용되기도 한다. 가령 덴푸라 변호사는 가짜 변호사, 덴푸라 금시계는 가짜 금시계를 말한다. 가짜 변호사 행세를 하고 살짝 도금한 것을 금시계라고 믿게 할 만큼 겉모습이 뛰어나야 한다. 다시 말해 튀김이라는 옷을 입었지만 진짜 새우라고 여길 만큼 감쪽같아야 한다.

새우를 튀겨도 새우 본래의 맛을 잃지 않아야 훌륭한 튀김이다. 3학년이 되면 옆에서 깜짝 놀랄만큼 튀김 실력이 향상된다. 튀김은 기름에 튀기기만 하면 되는 간단한 요리 같지만, 준비과정을 충실히 하면 실은 그 자체로 훌륭한 요리다.

접객 서비스

학교는 어떤 의미에선 폐쇄된 특수한 공간이다. 학생들은 그 특수한 공간에서 자신들끼리만 통용되는 규칙이나 협소한 가치관에 갇히기 쉽다.

무라바야시가 예절 바른 언어 사용에 대해 입이 닳도록 가르쳐봤자 그대로 받아들여지기는 어렵다. 작은 호리병에 커다란 도자기를 집어넣으려는 멍청한 수고가 되기 십상이다. 왜 그래야 하는지 학생들은 실감하기 어렵기 때문이다.

하지만 고교생 레스토랑은 다르다. 폐쇄된 특수한

공간이 아니라 활짝 열린 대중적 공간이다. 먼저 손님들이 가만 있지 않는다. 학생들의 무례한 언동, 언행은 금세 지적당한다. 고교생 레스토랑 연수생 학생들은 손님에게 지적당하면 고치고, 고치면 칭찬받는다. 칭찬받으면 노력하고, 그 노력은 자신의 노하우로 자리잡는다.

접객 서비스 담당은 손님을 안내하고, 다정히 말을 건네고, 주문을 받고, 요리를 나르고, 다음 손님을 위해 테이블을 치우는 등 사방팔방에 수십 개의 눈을 가져야 한다. 하지만 태생이 무뚝뚝한 성격에 목소리가 작은 학생도 있다. 유독 부끄러움을 타는 학생도 있다. 본디 접객 서비스에는 맞지 않는 타입이다. 사람의 성격은 간단히 바꾸기 어렵다.

무라바야시가 학생들에게 자주 강조하는 말이 있다.

손님 앞에서는 미소를 띤 표정이 바람직하다. 미소가 기본이다. 피곤해도 표정에 나타내면 안 된다. 아무리 여러분이 인간성이 좋다고 해도 그 사실을 모르는 손님은 첫인상으로 판단한다. 화가 나지 않았는데도 화난 표정으로 보인다면 그것으로 여러분의 인격이 결정된다. 여러분의 인상이 고교생 레스토랑의 인상이다. 너희 중 한 명이라도 느낌이 좋지 않으면 손님들은 "고교생 레스토랑은 마음에 안 들어!"라고 하면서 당장 손가락질한다.

일반 레스토랑이라면 접객 서비스에 맞지 않는 사람에게 굳이 접객 업무를 맡기지 않는다. 하지만 고교생 레스토랑은 학생들의 연수가 목적이다. 무라바야시는 큰 지장이 없는 한 전원에게 접객 서비스를 시킨다. 귀찮거나 적성에 맞지 않는다고 피한다면 실수도 하지 않겠지만 발전도 없다. 아무리 시간이 흘러도 성장하지 못한다.

그 이치는 일반 회사도 똑같다. 자신에게 맞는 부서를 처음부터 찾아내긴 어렵다. A부서, B파트에서 주어진 일에 성실하다 보면 자신의 적성을 알게 되는 것이다. 적성이나 자질은 머릿속 그림이 아닌 외부와 접촉할 때 얻어내는 자신만의 개성이다. 무라바야시는 학생들이 그 사실을 깨닫는 때가 조만간 올 것이라고 확신한다.

무라바야시는 학생들이 외식할 때도 그 음식점의 모든 것을 눈여겨보라고 권한다. 어떤 식재료를 사용하는지, 스태프는 몇 명인지. 인테리어는 어떤지, 최종적으로 그 음식점을 차리려면 얼마나 예산이 필요할지 스스로 분석해 보도록 조언한다. 고교생 입장에서는 꽤 어려운 일이지만 게임을 즐긴다는 생각이면 가뿐하다.

대부분의 학생들은 그 게임을 꽤나 즐겼다.

"지난 화요일 수업을 마치고 일부러 역 근처 음식점에 들렀어요. 알다시피 제가 튀김 담당이 된 지 얼마 되지 않았잖아요. 튀김 정식을 주문했는데 새우는 너무 작았고 냉동식품이라는 걸 금세 알 정도였지요. 그런데도 음식값이 너무 비쌌어요."

"오랜만에 가족끼리 외식하면서 좋은 시간을 보냈어요. 음식도 맛있었고 음식점 분위기도 훌륭했어요. 음식 가격은 비쌌지만 식재료가 좋아서 우리 가족 모두 만족했어요. 평일인데도 손님이 꽉 찼던데요."

창작은 관찰이라는 걸음마에서부터 시작한다. 늘 봐왔던 익숙한 것들을 새로운 관점에서 차근차근 살피면 보지 못하고 듣지 못했던 것들이 발견된다. 인생의 어느 날 그 발견들이 '내것'이 되는 순간들이 오는 것이다.

"지난주부터 접객 서비스 담당을 맡으면서 훌륭한 서비스란 무엇일까 고민 많이 했어요."

다른 학생들의 의견을 가만히 듣고 있던 좌중의 시선이 새로운 발언을 시작한 학생에게 쏠렸다. 식품조리과가 아닌 보통학과 소속으로 평소에 말이 없지만 묵묵히 잘 따라오는 여학생이었다.

"잠시만 제 얘기를 들어주시기 바랍니다."

여학생은 침을 삼키고 호흡을 고르더니 손에 든 메모를 또박또박 읽어 내려갔다.

"며칠 전의 일입니다. 그날따라 남동생이 햄버거를 먹고 싶다고 몇 번이나 조르기에, 학교 가기 전에 서둘러서 한 햄버거 매장에 들렀습니다. 이른 시간이라 매장 직원은 오픈 준비로 바빴습니다. 저는 미안하다며, 햄버거 하나를 포장해줄 수 있는지 물었습니다. 매장에는 여직원 혼자뿐이었습니다. 여직원은 제게 잠시 기다려달라고 미안한 듯이 말하더군요. 매장이 제시간에 문을 열기도 전에 염치없게 부탁한 사람은 오히려 이쪽인데 말입니다. 여직원이 데리야끼 햄버거를 만드는 동안, 저는 두서없이 남동생 이야기를 꺼냈습니다. 평소에는 남동생에 관한 말을 좀체 남에게 하기 꺼려하는 편이지요. 아마 순수한 타인이라는 안도감 때문이었을 겁니다. 남동생은 난치병을 앓고 있습니다. 초등학교 5학년 때부터 건강하고 늠름했던 남동생이 시름시름 앓기 시작했습니다. 지금은 중학교 2학년인데 학교와 병원을 왔다갔다 하는 그런 일상을 보내고 있

236

습니다. 그날 아침에도 남동생의 컨디션이 갑자기 좋지 않아, 병원에 데려다주는 참이었습니다. 아빠와 엄마 그리고 제가 순번을 정해 남동생을 번갈아 병원에 데려다주거든요. 십분 쯤 후에 여직원은 데리야끼 햄버거가 든 종이백을 다소곳이 내밀었습니다. 계산을 마치고 돌아서는데 여직원이 남동생에게 주라며 작은 봉투를 종이백에 넣어주더군요. 병원에서 남동생이 햄버거를 맛있게 먹는 모습을 지켜보고 학교 갈 준비를 서둘렀습니다. 여직원이 남동생에게 써준 편지에는 '건강할 때까지 힘내세요!' 라고 적혀 있었습니다. 눈물이 왈칵 났습니다. 남동생이 아픈 바람에 주위 사람과 제대로 대화를 나눌 여유도 없었습니다. 학교 친구들과도 마음 툭 터놓고 지내지 못했고요. 그처럼 따뜻하고 성의 있는 말 한마디가 내게는 필요했던 모양입니다. 매장이 시내에 있어 꽤 번잡한데도 다정한 인사를 건넬 줄 아는 그녀에게 감사의 말을 전하고 싶습니다. 정말 고맙습니다."

무라바야시가 자리에서 일어나 제일 먼저 박수를 쳤다. 다른 학생들도 자리에서 일어나 박수를 쳤다. 박수소리가 떠나갈 듯했다.

아마존 정글에는 수백 년 수천 년 묵은 나무들이 많다. 그들이 오래 수명을 유지하는 까닭은 해충퇴치 작전의 성공도 포함된다. 해충을 퇴치하려고 나무는 독한 수액을 발산한다. 이를테면 살충제다. A나무는 B나무에, B나무는 A나무에 살충제를 뿌린다. A나무는 B나무를 괴롭히는 해충 박멸 살충제를 뿌려주고, B나무는 A나무에 침입하는 해충퇴치 살충제를 대신 뿌려준다.

사람들도 그렇지만 특히 성장기의 고교생들은 서로서로 수액을 뿌려주는 나무가 되어야 한다.

　노천에 플라스틱 테이블과 의자를 놓고 손님을 받던 초대 손자 가게. 초기에는 우동과 덴가쿠만 팔았다.

　손님이 늘면서 새로운 메뉴가 필요했다. 무라바야시는 학생들과 의논한 끝에 계란말이를 내놓기로 했다. 스테이크 정식은 스테이크가 본질이듯 계란말이는 계란이 본질이다. 무라바야시는 여러 계란을 시험해 보았지만 이상하게 모두 마뜩찮았다.

　어느 날, 바로 앞에 있는 할머니 가게에서 팔고 있는 계란이 눈에 들어왔다. 맛을 보니 기가 막혔다. 최고의 재료로 손색이 없었다. 선지자가 고향에서 대접받기 어려운 것처럼 이상하게도 주변의 가까운 곳은 그 가치를 인정받는 데 시간이 꽤 걸린다. 위대한 역사는 발끝에서 시작되는데도 먼 곳에서 온 손님이 대접받는다.

그는 즉시 계란을 생산한다는 양계장에 가보았다.

"이거, 한번 먹어봐요"

나이 지긋한 남자가 뭔가를 한 줌 집어준다.

"예? 닭 사료잖아요?"

그의 말에 아랑곳없이 양계업자는 먹어보라고 재차 권했다. 내키지 않았지만 맛보았다.

찌푸린 얼굴이 절로 펴졌다.

"음, 맛있는데요?"

"옥수수와 다시마 빻은 가루, 파프리카 가루를 섞은 사료이지요."

양계장 주인은 자신의 손에 남아 있던 사료를 마저 입안에 털어 넣었다.

"닭한테 맛있고 영양가 있는 사료를 먹이면, 그 계란은 반드시 맛있습니다."

사람이 먹어도 맛있는 사료, 그것이야말로 양계업자의 자신감의 이유였다. 그거면 충분했다.

농가의 생산물은 생산자가 좌우한다. 그 사람의 인

품, 인격이 생산물의 품질에 그대로 나타난다.

　무라바야시는 생산하는 사람의 인격에 끌려 믿고 식재료를 구입할 때가 많다. 생산자만 보고도 그 농산물을 볼 필요가 없다고 단언할 정도다. 그래서 일정한 품질과 수요를 보장받기 위해 시장을 통하지 않고 직접 계약을 맺어 구입한다. 일단 계약하면 하늘이 무너지는 소동이 나지 않는 한 거래를 지속한다.

　이 방식은 생산자에게도 소비자에게도 꼭 필요한 기본양식이자 의리였다.

　고교생 레스토랑에서 사용되는 계란은 세 곳의 업자에게서 구입한다. 맛과 위생에 철저한 의식을 지닌 지역주민의 양계장이다. 특히 도시락용 계란은 미국에서 개발된 식품 위생관리 방식인 HACCP를 실천하는 업자에게 구입하고 있다. HACCP은 'Hazard Analysis and Critical Control Points'의 약자로 원재료부터 최종 소비자가 섭취하기 전까지 모든 단계에서 유해물질이 해당식품에 혼입되거나 오염되는 것을 방지하는 시스템이다. 즉 생산·제조·유통·보존 공정을 철저히 관리하는 총체적 점검 방식으로 세계적인 최상위 위생관리 방식이다.

무라바야시는 학생들과 양계장을 견학하면서 실제 위생상태가 어떤지 꼼꼼히 살펴보고 있다. 미에 현 소재의 농업고등학교 학생들과도 제휴를 맺고 그들이 생산하는 계란을 구입한다. 마음 같아서는 모든 식재료를 지역농산물로 하고 싶지만 양적으로 늘 모자란다. 때문에 무라바야시는 학생들과 함께 미에 현 중앙도매시장에 직접 가서 식재료를 구입한다. 수업에 사용할 식재료도 동시에 구입한다. 수요일과 일요일만 제외하곤 거의 매일 나간다. 아침 일찍 시장에 나가 생선 경매를 하는 고교 교사는 세상에 어쩌면 무라바야시뿐일지도 모른다.

학생들은 1년 동안 시장의 상황을 보면서 계절요리의 감각을 익힌다. 재료를 살펴보는 법과 유통 흐름도 배운다. 한겨울 새벽 추위에 벌벌 떨면서 시장에 나가 식재료를 구입하는 교육과정은 학생들의 정신력과 인내력을 키워준다. 무라바야시는 교육이 학교에서만 이루어지지 않는다는 걸 익히 잘 알고 있다.

고교생 레스토랑은 조미료도 자연소재만 쓴다. 화학물질이 첨가된 조미료는 원하는 맛을 낼 수 없다. 가령, 간장도 화학적으로 추출한 아미노산이 들어가면 처음에는 맛있게 느껴지지만 나중에는 맛이 퇴색된다.

고교생 레스토랑에서 사용하는 간장은 특별히 제조된다. 지역의 양조회사에 부탁해서 콩 본연의 풍미를 충분히 살린 고교생 레스토랑 특제간장이다.

오우카 고교 생산경제과 학생들은 마쓰자카 소를 키운다. 식품조리과 학생들도 가끔 우사에 나가 소를 돌본다. 소를 직접 돌보며 학생들은 음식은 생명이라는 사실을 다시 한 번 깨닫는다. 깨끗이 썰어 놓은 고기만 보면 단지 식재료로 보인다. 하지만 생명이라는 관점에서 보면 어떤 요리재료도 함부로 낭비하지 않게 된다. 고교생 레스토랑도 많은 식재료를 쓰지만 되도록 버리는 것이 없도록 늘 신경 쓰고 있다.

가다랭이와 다시마를 넣고 끓인 다시도 1차 다시와 2차 다시로 나눈다. 물론 고교생 레스토랑에서 손님에게 내놓는 요리에는 1차 다시만 사용한다. 2차 다시는 학생들이 된장을 만드는 실습에 사용한다. 죽순을 삶을 때는 2차 다시가 가장 적당한 간을 내기 때문이다.

고교생 레스토랑의 음식물 쓰레기는 다키초 유기농업연구회에 제공되어 퇴비로 활용되고 있다. 제공된 음식물 쓰레기를 퇴비로 만들어 채소를 키운다. 그 채소는 다시 고교생 레스토랑에서 구입한다. 선순환의 자원 활용이다.

음식물 쓰레기도 생선껍질, 채소 찌꺼기, 튀김옷 등으로 퇴비를 만들기에 적합한 것과 그렇지 않은 것이 혼재한다. 무라바야시는 학생들에게 확실히 분별해서 처리하도록 주의를 주고 있다. 튀김기름은 전문업자와 위탁계약을 맺어 처리한다. 무라바야시는 일반 쓰레기 소각장에도 학생들을 데려가 견학시킨다. 학생들은 쓰레기의 행방을 마지막까지 눈으로 관찰함으로써 쓰레기 분리의 중요성과 의미를 깨닫게 된다.

요리와 마찬가지로 머리뿐만이 아닌 몸으로 알아야 할 것이 이 세상에는 정말 많다.

개인이나 단체의 생각이나 의지는 종종 색으로 표현
된다. 이를 승부복(勝負服)이라고 부른다. 열 마디 구호
보다 선명한 색이 더 호소력을 발휘할 수도 있다.

승부복은 영어로 'attractive clothes for special
occasions'라고 표현할 수 있다. 예를 들면 그린(green)은
평화나 사회적 인지도를 끌어내는 색이다. 정신을 강조
하면서 타인에게 자신의 의견을 인정받고 싶을 때 감정
적으로 호소하기에 유용한 색깔이다. 까다로운 교섭을
할 때 자주 이용되는 색이기도 하다.

브라운(brown)은 타인을 위해 봉사하는 색이다. 자원해서 이웃을 도와주려는 사람들이 좋아하는 색이다. 책임감을 심어줄 때도 브라운이 좋다. 핑크(pink)는 타인의 기분이나 심정을 받아들이게 만들어주는 색이다. 인간관계를 원만하게 하겠다는 느낌을 준다. 핑크를 좋아하는 사람은 대개 주위에서 사랑받는 사람들이 많다. 사랑받고 싶으면 핑크다. 하지만 남자가 핑크를 입으려면 사랑보다 용기가 더 필요하다.

요리사에게 정장은 하얀 조리복이다. 화이트(white)는 눈길을 끄는 색이다. 작은 돔 형태로 머리에 빙 둘러진 하얀 모자, 하얀 윗도리에 하얀 바지. 앞부분의 다이아몬드 스타일의 띠 매듭으로 한줌 포인트를 살린다. 신입생이 처음에 입으면 '입혀진 것' 같은 느낌을 지울 수 없지만 상급생으로 올라갈수록 맞춤옷처럼 보인다.

오우카 고교 식품조리과 학생들은 타교에 비해 조리복을 입고 있는 시간이 많아서인지 팔소매를 살짝 거두어 말아 올린 모습이나, 앞부분의 띠 매듭도 흡사 프로처럼 보인다. 무라바야시는 학생들의 옷매무시에 세심한 주의를 준다. 본인에게는 멋있게 느껴질지 몰라도 옷을 너무 헐렁하게 입으면 손님에게 오히려 불쾌감을 준다. 가끔 신발 뒤축을 찌그러뜨려 신는 학생도 있는데 적발되면 무라바야시는 엄청나게 화를 낸다. 요리가 주방에서 나오고 서빙하기까지 주방에서는 1분 1초를 다툰다. 뒤축을 찌그러뜨려 신고서야 남보다 재빠르고 정확히 움직일 수 없는 것이다. 무라바야시는 이제껏 복장은 엉망인데 요리만큼은 훌륭하다는 사람을 본 적도 들은 적도 없다.

신입생에게 그는 "요리는 손이다"라는 말을 자주 반복한다. 신입생은 실습을 하기 전에 비누와 수세미로 손을 깨끗이 닦아야 한다. 손톱 밑의 때도 샅샅이 벗겨낸다. 하루의 의식은 우리의 몸을 정결하게 씻는 것부터 시작한다. 요리는 일상생활과는 별도의 의식이다. 요리를 준비하는 순간부터 '요리사로서의 나'가 따로 존재한다. 요리의 정성은 겉부터 만들어 간다. 마음은 겉행동으로 조금씩 비축된다. 겉도 속만큼 중요하다.

요리사는 처음 자신만의 칼을 가졌을 때 뛸듯이 기뻐한다. 무라바야시도 쓰지조에 입학했을 때 처음으로 자신만의 칼을 가졌다. 요리사에게 칼은 작가의 만년필과 같다. 프로 요리사가 되면 칼을 잡아보기만 해도 그 칼이 어떤지 감이 온다. 가격이 같아도 좋은 칼, 나쁜 칼이 있다. 무거운 칼, 가벼운 칼도 있다. 또한 칼은

중심 밸런스가 모두 다르다. 자신만의 칼은 자신만의
요리로 통한다.

　오우카 고교 식품조리과에 입학한 신입생들에게는
아주 특별한 날이 있다. 요리용 칼과 하얀 색깔의 조리
복 상하의를 받는 수여식이다.
　신입생들은 요리뿐만 아니라 마음도 갈고 닦겠다는
선서를 한다. 신입생 중에는 초등학교 때부터 오우카
고교를 동경했다는 학생도 있다. 수여식이 끝나고 매
년 4월 둘째 주 목요일이면 신입생을 상대로 직접 칼
연마 실습을 시킨다. 신입생에게 주어지는 칼은 새것
이지만 아직 날이 서 있지 않다. 칼을 가는 것도 훈련
과 경험이 필요하다. 처음에는 누구나 잘되지 않는다.
칼을 갈면 머리와 몸이 따라서 흔들린다. 적절하게 힘
을 조정하지 못해 불필요한 힘이 많이 들어가기도 한
다. 추운 교실인데도 신입생들의 이마에는 땀이 송골
송골 맺힌다.
　믿기 어렵겠지만 매년 칼 연마 실습 때마다 꼭 한 명
이상은 어지럼증을 일으켜 보건실로 실려 간다. 상급
생이 되면 미동도 하지 않고 능숙하게 칼을 간다. 칼이
잘 갈렸는지의 여부는 왼손 엄지손톱에 칼날을 대보고

가늠한다. 나중에는 엄지손톱에 시꺼먼 가로줄이 여러 겹 생긴다. 잘 갈린 칼날은 보기에도 겨울 새벽별처럼 차갑고 선명하다. 마치 강철도 썰어낼 수 있을 것 같은 강력한 날카로움이 느껴진다.

칼 연마 실습이 끝난 신입생의 첫째 숙제는 오이 썰기. 숙달될 때까지 오이만 계속 썰어야 한다. 처음 해 보는 학생들은 오이 썰기가 얼마나 어려운 일인지 금세 알게 된다. 오른손에 잡은 칼로 오이를 써는 동시에 왼쪽으로 착착 진행되는 왼손의 움직임이 뒤죽박죽된다. 게다가 일정한 스피드가 아니기에 오이는 굵기도 다르게 엉망으로 썰어진다.

"선생님, 요령 좀 가르쳐 주세요."

그렇게 매달리는 학생도 있다.

"눈으로 보고 훔쳐!"

오이 썰기에 요령 따위가 있을 리 없다.

"앞에서도 보고 뒤에서도 자세히 봐야 해."

무라바야시는 선배가 오이 썰기 시범을 보이는 뒤편에 신입생 한 명을 세운다.

"뒤에서 자신의 시선과 동일한 선상에서 봐야 일체감이 느껴져."

식품조리과 신입생들은 집에서도 매일 오이 썰기 연

습을 한다. 기초훈련이 안 되면 다음 과정으로 넘어갈 수 없다. 무사히 오이 썰기 훈련을 통과하면 생선회를 뜨는 기초과정으로 넘어간다.

이번에는 전갱이가 눈을 뜨고 기다리고 있다. 먼저 전갱이 대가리를 자르고 배를 가른다. 그리고 세 부분으로 보기 좋게 뜨는 훈련이다. 이 또한 오이 썰기처럼 부단한 연습이 필요하다. 처음에는 힘만 잔뜩 들어간다. 힘을 주면 전갱이가 잘리긴 잘리지만 짓밟힌 상추처럼 짓이겨진다.

"전갱이 꿈만 꿔요."

"선생님 얼굴이 전갱이로 보일 때도 있어요."

생선회 기초과정에 들어간 학생들은 그런 말을 자주 한다. 다른 분야도 마찬가지겠지만 요리는 자신감이 제일 중요하다. 자신감은 사소하지만 작은 성공들이 차곡차곡 쌓인 결과다. 무라바야시가 학생들에게 이렇게 호된 훈련을 시키는 이유는 자신감은 스스로의 노력으로 결과를 내는 체험 후에 비로소 생기는 것이라고 확신하고 있기 때문이다. 자신감을 길러주려면 때로는 꾸중도 필요하다. 오랜 경험에 비추어 보았을 때, 꾸중이 필요할 때 교사가 망설이거나 뒤로 미루다가 놓치면 오히려 안 좋은 결과로 이어질 확률이 높다.

칭찬하기 위해 꾸중한다. 제자를 진심으로 위하는 교사는 그렇게 한다.

"칼이 손의 일부가 될 때, 비로소 프로가 되는 거야."

신입생에게는 2,500년 된 고대건축의 비밀처럼 멀게만 느껴지는 말이다.

"언제 그렇게 되나요?"

"손의 신경이 칼끝까지 뻗어 있다는 불가사의한 느낌이 들 때!"

무라바야시의 대답은 언제나 그렇듯 간결하다.

칼이 손이고, 손이 칼이다. 칼과 손이 하나가 되는 시점에서 요리가 시작된다. 마치 댄스(Dance)와 댄서(Dancer)를 구별하기 힘들 때 비로소 춤이 완성되듯이.

"전 왼손잡인데요."

무라바야시는 오른손 사용을 강요한다. 하지만 신입생 중에 한두 명은 꼭 왼손잡이가 있다. 결론부터 말하자면 왼손잡이는 요리에 불리하다. 야구선수나 복싱선수라면 왼손잡이가 오른손잡이에 비해 유리하다. 유감이지만 요리의 세계에서는 반대다. 최고의 요리사를 지향하려면 오른손을 쓸 줄 알아야 한다. 왼손잡이는 요리 장식을 할 때도 무의식적으로 왼손으로 흐른다. 왼손잡이가 요리를 집기 편한 요리가 되는 것이다. 즉 왼손잡이 손님용이 되고 만다. 오른손잡이 손님 입장에서는 거울에 비친 것처럼 좌우가 반대로 되기에 불편하다. 일본의 전통요리인 스시는 오른손잡이가 잡기 쉽게 스시를 약간 오른쪽으로 경사지게 장식한다. 프랑스인 요리사 중에는 왼손잡이 최고의 요리사가 많다. 프랑스 요리는 약간만 주의하면 큰 문제가 없다. 하지만 스시 등으로 대표되는 일본요리는 왼손잡이가 통용되지 않는 편이다.

무라바야시 자신도 왼손잡이여서 오른손잡이로 바꾸는 데 꽤 오랜 시간 고생했다. 남보다 몇십 배의 노력이 없었다면 불가능했다. 오른손잡이 투수가 왼손잡이로 바꾼다고 생각해 보면 그 고생이 짐작이 갈 것이다. 오른손잡이로의 완벽한 교정은 어렵지만 나중에 양손을 자유자재로 구사하게 되면 요리사로서는 더할 나위 없이 편리하다. 가령, 새우튀김을 할 때도 양손으로 동시에 두 곳의 프라이팬에 넣을 수 있다. 오른손이 하는 일을 왼손이 알 수 있다.

무라바야시는 간혹 왼손잡이 학생이 있으면 자신의 경험담을 들려주며 힘들더라도 오른손잡이로 고치라고 말해준다.

"여자가 남자보다 불리하잖아요."

엉뚱하게 성별을 내세워 이렇게 항변하는 여학생도 간혹 있다.

요리에 남녀 차이는 전혀 없다. 미각이나 손놀림, 창조력도 남자든 여자든 그 능력에 크게 차이는 없다. 요리사에 남자가 많은 이유는 한창 일하기 좋은 나이에 여자는 결혼하고 출산해야 하는 사회적 측면이 크다. 여성이 결혼하고 출산해도 변함없이 일할 수 있는 사회적 환경이 구비되면 여성 요리사의 수도 늘어날 것이다.

그렇다고 해도 남녀가 지닌 힘과 체력의 차이는 어쩔 수 없다. 평범한 여자라면 똑같은 무게라도 남자처럼 쉽게 들 수 없다. 하지만 여자는 남자보다 섬세한 곳까지 신경을 쓴다. 마무리도 훌륭하다. 남자는 완고한 면이 있지만 여자는 유연성이 뛰어나다. 오히려 절박하고 긴급한 상황에서는 여자가 유리하다.

요리는 조화다. 이쪽으로 치우치면 저쪽이 빛을 잃는다. 훌륭한 요리는 왼손과 오른손처럼 여자와 남자의 감각이 절묘하게 균형잡혀 있다.

일반적으로 멜론은 겉과 마찬가지로 과육도 녹색을
띤다. 홋카이도 산 유바리 멜론의 겉은 일반 멜론과 유
사하지만 안에는 부드러운 주황색 과육이 들어 있다.
디저트용으로 색감이 좋고 맛도 일반 멜론에 비해 우
월하다. 값이 비싼 만큼 디저트로 나올 때는 달랑 한
조각이 고작이다.

　부가가치는 연출에 의해 창조된다. 공주는 왕실이라
는 배경이 만들어주듯 아무리 주황멜론이라도 보통의
접시에 담으면 주황멜론 자체가 빛나지 못한다. 주황

멜론을 승화시키는 인위적인 연출이 꼭 필요하다. 고급스러운 접시에 우아한 소품 같은 작은 포크를 함께 두면 주황멜론의 부가가치는 저절로 높아진다.

연출은 요리의 만족도를 높인다. 일반적인 얼음과 달리 기포가 들어있지 않은 얼음은 투명하고 반듯한 느낌을 준다. 전문업자가 만들기에 일반 얼음보다 다소 비싸다. 하지만 요리를 장식해주는 수정 같은 투명한 얼음은 몇 배의 부가가치를 높여준다. 식욕을 충족시킨다는 1차적 목적을 뛰어넘어 손님으로 하여금 요리의 체험을 사게 만든다. 연극이나 뮤지컬 무대는 배우의 연기에만 의존하지 않는다. 화려하고 때로는 신비스러운 무대장치, 음향효과나 연주, 무대를 한층 살려주고 연기의 흐름을 따라가는 조명이 어우러져야 더욱 생생하고 입체적인 볼거리가 된다.

요리의 연출은 고급 접시의 화려한 장식에만 해당되지 않는다. 때로는 사람의 몸짓과 육성도 필요하다. 고교생 레스토랑에서는 손님의 테이블에 요리를 낼 때, 요리장이 원 포인트 가이드를 한다. 메뉴 전부를 설명할 순 없지만, 메인 요리를 내놓을 때 그날의 요리장을 맡은 학생이 직접 설명한다.

"오늘은 홋카이도 자연산 방어가 들어왔습니다. 우

리 지역은 초여름이 방어의 계절이라 이른 감이 있습니다만, 홋카이도에서는 지금이 한창입니다. 자연산 방어는 전혀 비린내가 없을 만큼 신선합니다. 양식 방어는 하얀색이지만 천연산 방어는 옅은 빨간색을 띕니다. 갓 잡은 방어는 살이 단단한데 지금은 숙성이 되어 가장 맛있을 때입니다. 오늘은 소금 양념구이로 만들어보았습니다."

요리장의 원 포인트 가이드를 들은 손님들의 얼굴에는 흐뭇한 표정이 감돈다. 믿을 만하다. 간단한 설명이지만 그 요리를 만들려고 정성을 기울였다는 느낌이 새록새록 전해진다. 요리의 문외한이라도 알아들을 수 있는 친절한 설명도 맘에 든다. 신뢰감이 쌓이면 요리는 이미 먹는 게 아니라, 커뮤니케이션이 된다.

때로는 요리장이 요리하기 전의 식재료를 보여주며 원 포인트 가이드를 하기도 한다. 홀 안의 전체 손님을 대상으로 하는데 이 또한 반응이 좋다. 요리장의 손에 들린 망태기 속에는 가시가 잔뜩 뻗어 있는 성게가 꾸물대고 있다.

"오늘 아침 시장에서 이렇게 싱싱하고 알이 굵은 성게를 구입했습니다. 꼭 손님 여러분에게 맛을 보여 드리고 싶어서, 쌀밥에서 성게밥으로 바꾸어 보았습니다! 어떻습니까?"

"와, 와!"

손님들은 요리장에게 박수갈채와 환호성을 보낸다. 식재료를 보여주는 경우는 긴 설명이 필요 없다. 즉각적이고 시각적인 형태만으로 충분한 설명이 된다. 요리는 이미지다. 그 이미지를 떠올리게 도와주는 연출이 원 포인트 가이드인 것이다.

고교생 레스토랑에서는 3학년 전원이 돌아가면서 요리장을 맡는다. 원 포인트 가이드로 칭찬을 받은 학생은 다음에도 꼭 요리장을 하고 싶어 한다. 처음 시도했을 때는 실수도 많이 따른다. 원 포인트 가이드는 미리 준비한 대답만으로는 별 소용이 없다. 돌발적인 손님의 질문에 순간적인 애드립이 필요하다.

"학생, 이 계란말이 어떻게 만드는 거야?"

갑작스런 질문에 쩔쩔매는 것이 보통이지만 손님은 재료가 무엇이 들어갔는지 분량이 얼마인지엔 크게 관심없다.

학생들은 능숙해지면 이렇게 설명할 줄 안다.

"다시마와 가다랭이로 만든 다시가 계란 양의 절반만큼 들어갑니다. 조리할 때는 화력을 세게 해야 합니다. 계란말이는 그게 포인트입니다."

"오늘 매출이 너무 떨어졌어. 내 탓이야!"

손님이 적은 날이면 요리장은 낙담한다. 학생들은
이제 스스로 책임감을 가지고 고교생 레스토랑을 자신
이 운영하는 레스토랑처럼 여기고 있다.

고교생 레스토랑에는 특이하게도 어린이 메뉴가 없
다. 일부러 어린이 메뉴를 따로 만들지 않는다. 오늘날
은 가족이 정해진 시간에 모두 모여 식사를 하기 어렵
다. 각자 바깥에서 일터에서 따로 먹는다.

이런 때일수록 무라바야시는 먹는 행위를 가르치는
교육도 중요하다고 여긴다. 모처럼 모여 외식하는 날
에는 갓난아기만 아니라면 어른이든 어린이든 똑같이
먹을 수 있다. 똑같은 음식을 먹고, 맛에 관한 이야기
를 나눈다.

식사는 뱃놀이처럼 함께 타고 항해하는 여정이다.
바다 위에서 육지를 논하지 않고 바다 위에서 채소를
논하지 않는다. 식사(食事)라는 말은 먹는 일을 뜻한다.
어떤 일을 추진할 때면 그 일에 관해 모두 머리를 맞대
고 의견을 모은다. 식사는 먹는 행위에 그치지 않고 식
사를 통해 일을 하는 것이다. 그 일이란 평소에 하고

싶었던 속내 털어놓기일 수도 있고 혹은 의기소침한 가족 누구를 격려하는 것이 될 수도 있다. 관심과 애정이 식었던 가정을 다시 따뜻하게 되돌려 보는 것일 수도 있다.

무라바야시는 식사가 진정한 가르침, 즉 교육이 되어야 한다고 믿는다. 고교생 레스토랑은 어른이 먹는 요리를 작은 그릇에 담아 어린이에게 서비스하고 있지만, 어린이용 요리를 따로 만들지 않는다. 훌륭한 요리는 어른이든 어린이든 누구에게나 훌륭해야 한다. 고교생 레스토랑에는 어린이 메뉴가 따로 없다. 그 대신 요리를 함께 나누며 식사에 대해 진지하게 생각해 보는 교육이 살아숨쉰다.

선
배
가
게

　오우카 고교 식품조리과 신입생들에게 장래 희망을
물어보면 처음에는 모두 최고의 레스토랑에 취직하거
나, 급식센터 혹은 식품개발에 관련된 일을 하고 싶어
한다. 그런데 고교생 레스토랑이 생긴 이후부터는 자신
의 실력과 너무 동떨어진 희망을 피력하는 학생은 거의
없다. 직접 손님을 대하고 요리를 만들면서 자신의 적
성과 실력을 정확히 파악할 수 있게 되었기 때문이다.
　무라바야시는 신입생들의 꿈에 가타부타 참견하지
않는다. 교사로서 학생들의 꿈을 이루어주려면 한시도

쉴 수 없다. 그저 학생 자신이 가진 꿈에 비해 노력이 부족하면 단련시킬 뿐이다.

2학년이 끝나갈 무렵에는 슬슬 진로를 결정해야 한다. 이 시점에 무라바야시는 요리사가 되기엔 무리라고 생각되는 학생에게 확실하게 자신의 의견을 말해준다. 어설픈 희망을 안겨주었다간 학생의 미래를 망칠수도 있다. 비록 요리 계통은 맞지 않지만 앞으로 다른 환경에서 얼마든지 자신의 미래를 찾을 수 있는 가능성이 열려 있기 때문이다.

"선생님, 저 조리 클럽 이제 그만둘게요."

"힘들어?"

몸이 아픈 남동생을 위해 이른 아침부터 햄버거 가게에 들렀던, 그 여학생이다. 햄버거 가게 직원의 따뜻한 편지 내용을 공개하며 조리 클럽 멤버들의 박수를 받았다.

"간호사가 되어 재활훈련 센터에 취직하고 싶어서요."

"요리사만큼 보람 있는 직업이네."

무라바야시는 듣고 반색했다.

성실히 따라주는 여학생이었지만 요리 실력은 발전하지 않았다. 철저히 몰입하려면 그 일을 좋아해야 한다. 잘하는 사람이 아닌 그 일을 죽도록 좋아하는 사람이 결국엔 능숙해진다. 노력보다는 좋아하는지의 여부가 우선이다. 좋아하지 않는 일에 노력해 봤자 여간해서 성과가 나지 않는다. 남보다 월등히 좋아해야 그 일의 프로가 된다.

"선생님은 요리사가 천직이세요?"

"나는 간호를 못하니까."

무라바야시의 말에 여학생이 웃는다. 해맑은 미소가 일품이다. 저 미소를 보면 아무리 몸이 아픈 사람도 삶의 빛을 끌어안으려고 애쓰지 않을 수 없을 것이다.

"네가 가장 잘할 수 있는 것은 네가 가장 좋아하는 것이어야 해. 네가 가장 좋아하는 것은 남을 위해 쓰여야 네 영혼이 행복해져. 앞으로 택할 직업을 행복의 도구로 삼아. 네가 싫어하는데 남한테 행복을 바랄 수는 없잖아."

"고맙습니다!"

여학생의 얼굴은 서운하기보다 후련해 보였다. 앞으로 간호사 자격증 시험에 매진하겠다고 한다. 식품조리과가 아닌 보통학과였지만 요리를 참 좋아했던 학생이다.

무라바야시는 고개를 숙여 인사하고 돌아가는 여학생의 뒷모습을 한참 바라보았다. 고교시절 3년은 자신의 미래를 찾아가는 첫 단추다. 본인이 하고 싶은 일을 찾는 게 최우선이다. 교사가 이러쿵저러쿵 간섭한다고 해서 될 일이 아니다.

여학생은 조리 클럽 멤버를 탈퇴하고 다른 길을 찾았다.

지금은 오우카 고교 식품조리과 졸업생이라면 미에현을 위시해 전국의 일류 레스토랑에서 스카우트 손길이 뻗친다. 해외 레스토랑에 취직한 학생도 있다. 취직 희망자를 훨씬 웃도는 구인 오퍼를 받기에 매년 5월쯤이면 전원 취직이 결정된다.

무라바야시는 교사 부임 초기만 해도 졸업생들 취직자리를 찾는 데 꽤 애먹었다. 취직 시즌이 되면 학생이 취업하길 원하는 레스토랑이나 식품회사를 찾아가 일일이 정중하게 부탁했다. 어렵게 취직해 놓고 그만 두는 학생도 꽤 됐다. 힘들어서 그만둔다는 이유가 제일 많았다. 머리로는 알고 있는지 모르지만 막상 취직해서 일해보니 요리의 세계는 학교 수업과는 비교도 되지 않을 만큼 힘들고 괴로웠기 때문이다.

고교생 레스토랑 오픈 초기에도 3학년 학생들은 졸업 후 취업이 가장 큰 고민이었다. 교사인 무라바야시의 입장에서도 사회로 진출하라고 제자들의 등을 떠밀기 전에 나서서 해야 할 일이 취업 알선이었다.

"고교생 레스토랑 연수를 마친 학생들을 지역에서 활용할 방안은 없을까요?"

어느 날 학생들의 취직문제로 의견을 나누다가 답답한 심정으로 기시카와에게 물었다.

"취업도 되면서 지역발전에 공헌하고, 본인의 희망도 살리면 바람직할 텐데……."

기시카와는 점을 선으로, 선을 면으로 확대시키는 능력이 뛰어난 사람이다. 머리로는 결정을 빨리하고 몸은 즉각 행동한다.

"고교생 레스토랑 연수자 취업 프로젝트가 되겠네요."

기시카와의 생각으로는 도시락을 전문으로 하되 일용할 반찬도 따로 파는 가게라면 예산도 많이 들지 않고 괜찮을 것 같았다. 그런데 고교생 레스토랑과는 달리 철저한 비즈니스라야 한다. 선배들이 첫 발자국을 선명히 찍어줘야 후배들의 취업전선에도 이상이 없는 법이다.

이익을 내면 살고 손해 보면 죽는다. 기시카와는 마을 살리기 프로젝트로 고카쓰라이케 유원지가 출범했던 당시의 상황을 적용시키면 어떨까 싶었다.

늘 그랬듯 그가 작성한 기획서는 짧고 명료했다.

- 지역 활성화를 위해 초창기 개업 비용만 다키초에서 부담.
- 그 후로는 철저히 민간인 운영.
- 주식회사 형태

기시카와는 식품조리과 졸업생들을 이끌어줄 경험 많은 적임자를 물색했다. 마침 중소기업을 오랫동안 경영하다 은퇴한 오우카 고교의 OB가 있었다. 젊을 때부터 장애인 돌보기 등 지역발전을 위해 헌신한 분이었다. 남에게 보이려고 위선 떨지 않고, 남에게 인정받으려고 여기저기 얼굴을 내미는 성격이 아니어서 주민들의 진심 어린 존경을 받고 있었다.

기시카와는 즉시 그의 의사를 타진했다. 하지만 상대는 자신의 나이가 많다는 이유로(당시 72세) 고사했다.

그런데 며칠 후 그에게서 전화가 왔다.

"마지막 지역봉사로 생각하지요."

"주식회사 대표가 되시려면

선배 가게

조건이 까다롭습니다만."

"나이만 빼놓는다면."

수화기 너머에서 그가 껄껄 웃었다.

"첫째, 무보수입니다."

기시카와는 상대의 반응을 조심스럽게 기다렸다.

"수락하지요."

"둘째, 책임은 무한대입니다."

누가 들어도 뻔뻔스러운 조건이다.

"후, 이 지상에서의 진짜 마지막 봉사가 될 것 같네요."

그는 흔쾌히 승낙했다.

2008년, 주식회사 '오우카 푸드 네트'가 다키초에서
문을 열었다. 애칭은 '손자 가게'에 이어 '선배 가게'로
정했다. 오우카 고교 식품조리과 선배들이 운영하는
가게라는 네이밍이었다.

처음에는 졸업생 8명으로 스타트했다. 선배 가게는
지역농산물을 한껏 살린 도시락과 반찬을 제공한다.
초창기에는 많은 이익을 내지 못했지만 2년 후에는 제
2호 선배 가게도 오픈했다. 제2호 선배 가게도 다키초
내에 있다. 2011년 현재, 1호점과 2호점을 합쳐 스태
프는 모두 합쳐 27명이다.

우
리

마
을

보
물

창
조

특
명
감

고교생 레스토랑의 영업일이면 늘 그렇듯 바깥 전용 주차장에 오사카, 나라, 와카야마, 나고야 지역의 넘버가 붙은 자동차가 **빽빽**하게 주차되어 있다. 몇 시간 차를 달려 고교생 레스토랑에 와주는 고마운 손님들이다. 영업시간은 10시 30분부터지만 **빠**를 때는 아침 9시부터 손님들이 줄을 선다. 손님이 너무 많은 날은 오픈과 동시에 그날의 주문이 마감되었음을 알리는 안내문을 내거는 일도 생긴다.

고교생 레스토랑에는 교육, 행정 관계자의 시찰도

끊이지 않는다. 일본의 최북단인 홋카이도에서 가장 남쪽인 오키나와까지 가히 전국적이라 할 수 있다.

무라바야시는 고교생 레스토랑 연수에 관한 제반 사항뿐 아니라 어떻게 해야 학생들에게 동기 부여를 할 수 있는지 등의 상담도 받고 있다. 심각한 자녀감소의 추세와 더불어 오늘날의 교육현실에 대한 심층적이고 까다로운 질문을 하는 사람도 있다.

무라바야시는 먼저 학교로 그들을 안내한다. 교육관계자 중에도 오우카 고교 식품조리과는 특별한 설비가 갖추어진 곳이라고 지레짐작하는 사람들이 많다. 그들은 매스컴에 알려진 고교생 레스토랑이라는 화려한 무대만 상상한다. 조리 클럽도 아주 비범한 학생들만 모아놓은 줄로 알고 있다.

그런데 사실은 극히 평범한 학교와 시설에 극히 평범한 학생들이다. 단조롭고 지루해 보이는 기초훈련을 묵묵히 견뎌내는 학생들의 모습을 보고 방문객들은 화들짝 놀란 표정을 짓는다.

학교는 이론과 실습에 철저한 공간이어야 한다. 반면에 고교생 레스토랑은 학생들이 졸업 후 사회에 나가기 위한 적응 공간이다. 다리 역할을 하는 것이다. 학교에서는 무라바야시가 요리를 가르치는 교사이고 학생들은 배우는 입장이지만, 고교생 레스토랑의 공간에서는 총요리장과 견습생의 역할로 바뀐다. 교사에게 꾸중 듣는 것과 총요리장에게 야단맞는 것은 느낌이 사뭇 다르다. 리얼리티 충만한 현실세계에는 가상현실이 도저히 따라갈 수 없는 엄청난 중압감이 존재한다.

무라바야시는 교육관계자들에게 이렇게 말한다.

"제가 처음 오우카 고교에 부임했을 때는 극히 평범한 학생들이 다니는 보통의 학교였습니다. 오로지 앞만 바라보게 하고 철저히 기본기를 닦게 했더니 서서히 학생들의 자세와 태도가 변하기 시작했습니다. 2012년, 지금까지 오는데 꼭 18년이라는 세월이 걸렸습니다."

그리고 그는 한 마디 추가하는 것을 잊지 않는다.

"고교생 레스토랑의 사례는 요리에 관계없이 어떤 분야라도 응용 가능합니다. 여러분 스스로 그것을 찾으시기 바랍니다."

기시카와가 고교생 레스토랑 프로젝트를 성공시키자, 전국의 자치단체에서 강연 요청이 쇄도했다. 직접 다키초를 방문해서 기시카와의 조언을 구하고 고교생 레스토랑을 견학하는 지자체 공무원도 많아졌다.

기시카와는 무라바야시의 생각처럼 고교생 레스토랑이 하나의 응용사례이기를 바란다. 각 지자체마다 사정과 환경이 다르기에 굳이 똑같은 프로젝트를 추진할 이유는 없다고 생각하는 것이다.

2012년 현재 기시카와의 직함은 '우리 마을 보물 창조 특명감(特命監)'이다. 판타지 같은 느낌을 풍기지만 엄연히 공무원 직함이다. 특명감은 어떤 특정한 일에 전권이 위임되는 인물에게 주어지는 공식 직함이다. 고교생 레스토랑을 전국에 널리 알린 기시카와에게 이보다 더 훌륭하고 마땅한 직함은 없지 싶다.

지자체의 요청으로 강연할 때, 기시카와는 청중들에게 애드벌룬부터 먼저 띄운다.

"애드벌룬 게임이란 게 있습니다. 애드벌룬의 정원은 네 명입니다. 네 명으로 한정한 이유는 애드벌룬에 네 명밖에 타지 못해서도 아니고, 평균 체중으로 계산했을 때 네 명이면 위험하지 않다는 안전기준을 충족시켜서도 아닙니다. 그냥 편의상 어른 네 명입니다."

청중들 몇몇은 안심하는 표정을 짓는다. 퀴즈가 아니니까 머릿속을 복잡하게 만들어 계산하고 대답하지 않아도 되는 것이다.

"애드벌룬에 탈 사람은 남자든 여자든 상관없습니다."

"애완동물은요?"

얼굴이 둥그런 중년 아저씨가 그것도 유머랍시고 한 마디 던진다.

"집에 꼭 묶어두세요. 하지만 트랜스젠더나 가축업자는 탈 수 있습니다."

기시카와는 태연한 얼굴로 잠시 청중들이 웃게 놔둔다.

"지상에 묶어 놓은 로프가 해제되고, 애드벌룬은 로켓처럼 불을 뿜으며 하늘로 솟아오릅니다. 네 명은 각자 자신이 가장 소중히 여기는 것들을 안고 애드벌룬에 타고 있습니다."

기시카와는 매직펜을 들어 화이트보드에 큼지막 한 글자로 쓴다.

1. 가지지 못한 것
2. 전문가
3. 보조바퀴
4. 어리광

"땅을 벗어난 애드벌룬은 새처럼 하늘을 향해 둥실둥실 올라갑니다. 즐기듯이 천천히. 순조롭게 하늘로 오르던 애드벌룬이 갑자기 멈춥니다. 마치 하늘과 땅에서 서로 잡아당기듯 더 위로 올라가지도 않고 더 밑으로 내려가지도 않습니다. 순간 애드벌룬은 아래로 곧장 추락하기 시작합니다. 올라올 때와는 달리 무시무시한 속도로 땅으로 곤두박질치듯이 떨어지고 있습니다. 이제부터 애드벌룬 게임이 시작됩니다. 떨어지는 속도에 맞추어 찰나적으로 결정하고 찰나적으로 동의해야 합니다. 찰나는 아시는 대로 눈 깜짝할 새입니다. 수학적으로 말하면 '10의 18승'이지요. 애드벌룬이 지상으로 추락하는 것을 막으려면 자신이 가진 소중한 것을 모두 포기해야 합니다."

이것이 무슨 이야기인가 싶어 고개를 갸웃거리는 청중도 있다.

"불합리하고 모순처럼 들리겠지만, 어디까지나 게임입니다. 자신의 소중한 것을 포기하려면 그 대신 다른 것을 가져야 합니다. 네 명 모두 마찬가지입니다. 자신이 가진 것을 포기하지 않으면 애드벌룬은 지상에 곤두박질칠 것입니다."

기시카와는 좀 전 화이트보드에 쓴 '1. 가지지 못한 것'을 손으로 가리킨다.

"고교생 레스토랑의 성공사례를 본떠 비슷한 프로젝

트를 도입하려는 지자체가 의외로 많습니다. 하지만 지산지소의 근본 개념은 유행이나 모방이 아니지요. 가령, 다키초에는 이세참마라는 특산물이 존재합니다. 특산물은 그 지역주민이 보람과 긍지를 지니고 가꾸며 지켜나가야 합니다. 우리 마을은 이세참마의 우량종자를 매뉴얼화시키고, 이세참마 특유의 향미를 살린 도로로 우동 같은 이세참마를 활용한 먹을거리 부가가치 창조에 치중했습니다. 지방특산물을 널리 알리려고 식품 페스티벌도 기획했고요. 그 와중에 오우카 고교 식품조리과 학생들의 존재도 알게 되었습니다. 학생들이 직접 지역특산물을 이용해 요리를 만드는 모습은 놀랍고 감동적이었습니다. 학생들을 가르치는 교사와 이야기를 나누면서 교실에서의 실습으로는 불가능한 리얼한 현장을 만들어보면 어떨까 하는 구체적인 대책을 의논하기 시작했습니다. 지역특산물이 있었고, 지역 고교생들이 있었고, 지역 활성화라는 테마가 존재했습니다. 없는 것을 외부에서 끌어오지 않고, 없는 것을 부러워하지 않았습니다. 우리 마을이 지금 가진 것 중에서 보물찾기를 시도했습니다. 고교생 레스토랑은 우리가 가졌지만 미처 몰랐던 보물 중 하나일 뿐입니다. 지역특산물도 좋고, 인재도 상관없습니다. 지역의 풍토도 보물일 수 있습니다. 여러분이 태어나서 자란 여러분의 땅에는 늘 봐왔지만 지나쳐버린 보물이 반드시 있습니다. 그걸 찾는 데 전력을 기울이면 됩니다. 다른 곳에서 성공한 모델을 억지로 가져오면 일시적으로 성공할지는 몰라도 짧은 유행처럼 오래가지 않습니다."

기시카와는 '1. 가지지 못한 것'에 취소선을 긋고 오른쪽에 '지금 있는 것을 찾는다'고 새롭게 썼다.

그는 침착하게 좌중을 둘러보았다.

"시작은 누구에게나 불안하지요. 실패의 두려움도 늘 따릅니다. 그래서 궁여지책으로 외부 전문가를 불러다 실패의 두려움을 만회하려고 애씁니다. 하지만 실패할지언정 스스로 행동하는 게 좋습니다. 실패해도 노하우가 남기 때문이지요. 실패에서 배우기 때문입니다. 외부 전문가의 힘을 빌리지 말고 스스로 해보고 실패하는 게 장기적 관점에서 보면 훨씬 바람직합니다. 실패를 두려워하지 말고 스스로 행동했을 때 제일 큰 성과는 바로 '부산물'입니다. 비록 원하는 결과에는 못 미쳤지만 그 와중에 축적된 '부산물'에서 노하우가 쌓입니다. 강력한 접착제를 목표로 했지만 실패하고 오히려 뗐다 붙였다 쉽게 할 수 있는 포스트잇이 개발된 것처럼 부산물에는 강력한 원천이 숨어 있습니다. 가령 학교 교육의 부산물은 입시 성적이 아닌, 학생들에게 배움의 즐거움을 만들어주는 것이지요. 실패해서 생기는 부산물, 이게 아주 중요합니다. 애드벌룬 게임에서 두 번째 포기할 것은 바로 이겁니다."

기시카와는 '2. 전문가'에 취소선을 긋고 오른쪽에 '뭐든지 스스로 생각하고 스스로 행동한다'고 썼다.

그는 청중을 향해 부드러운 미소를 지으며 말을 이어 나갔다.

"오우카 고교의 생산경제과 학생들과 함께 미에 현 특산물의 성분을 함유한 핸드크림 제조 프로젝트를 진행한 적이 있습니다. 학생들은 직접 공장을 견학해 제조과정을 숙지했고 많은 토론과 실습을 거쳤지요. 최종적으로 제품은 학생들의 의견에 따라 핸드크림이 아닌 핸드젤로 결정되었습니다. 몇 개월 후, 학생들이 개발한 핸드젤이 양산되었습니다. 제품 판매도 학생들 자율에 맡겼습니다. 학생들은 일본 전역을 다니며 자신들이 만든 제품을 팔아야 했습니다. 고교생이 사회에서 통용되는 비즈니스 매너를 알 리 없지요. 수업 후 프로 강사를 초빙해서 비즈니스 매너를 따로 배우도록 했습니다. 명함 건네는 방법, 사무실 문을 노크하는 방법, 어디에 앉아야 하는지, 상대에게 전화 걸 때의 에

티켓, 전화를 받는 자세, 정중한 말투도 철저히 숙지시켰습니다. 학생들은 사무실이나 회사를 직접 방문하면서 에티켓과 함께 세상 사는 감각을 익혔습니다. 저는 학생들에게 고교생이 만든 제품이니 인정에 못 이겨 한두 개 팔아줄 것이라는 기대 따위는 아예 버리라고 못박아 두었습니다. 동정심이 아니라 제품을 만든 이상, 철저히 제품으로만 팔아야 하니까요.

고교생 레스토랑의 주역인 오우카 고교 식품조리과 학생들은 슈퍼마켓에 도시락도 납품하고 있습니다. 슈퍼마켓에서 비싼 도시락은 팔리지 않습니다. 간단한 공식이지만 싸고 맛있어야 팔립니다. 슈퍼마켓에 공급하는 도시락을 합리적 가격, 베스트의 맛으로 승부하는 게 비즈니스입니다. 그러려면 학생들도 철저하게 자신의 머리를 써서 창의력을 불태워야 합니다."

기시카와는 '3. 보조바퀴'에 취소선을 긋고 오른쪽에 '철저한 비즈니스 의식을 갖춘다'고 썼다.

"고교생 레스토랑의 전신은 식당 아르바이트에서 비롯되었습니다. 그것도 여름방학 기간에만 한정되었지요. 낡은 주방뿐인 식당에서 학생들이 두 가지 메뉴를 만들어 손님들에게 팔았습니다. 아마 고카쓰라이케 자치단체에서 도와주지 않았다면 엄두도 내지 못했을 것입니다. 고교생 레스토랑 프로젝트를 진행하면서 예산 확보, 부지 확보, 미에 현 교육위원회, 오우카 고등학교, 보건소 등의 해당단체와 일일이 접촉하고 합의하고 지원을 이끌어내야 했습니다. 제로에서 시작하면 성공보다 실패가 당연히 많습니다. 하지만 그때의 성공, 그때의 실패에 너무 얽매이지 않는 게 좋습니다. 고교생 레스토랑의 사례가 말해주듯 최종적으로 성공에 이르면 그것으로 충분하니까요."

기시카와는 마지막으로 '4. 어리광'에 취소선을 긋고 오른쪽 여백에 '제로에서 시작한다'고 썼다.

"이제 여러분의 소중한 것을 다른 것으로 대체했으니 애드벌룬은 추락하지 않고 지상에 무사히 안착했습니다. 안심해도 좋습니다."

그의 강연에 공감한 사람들이 하나 둘씩 일어나 뜨거운 박수를 쳤다. 기시카와는 머리를 깊이 숙여 감사를 표했다.

이제 그들 각자의 애드벌룬 게임이 시작될 것이다.

다키초 농림상공과 공무원인 기시카와는 고교생 레스토랑 프로젝트를 추진하면서 크고 작은 돌에 걸려 수없이 넘어졌다. 그렇지만 일어설 때는 뭐라도 움켜

쥐고 일어섰다. 포기하고 체념하기에는 너무 이른 새벽이었다.

마을 살리기에 최우선으로 지녀야 할 마음가짐은 무엇인가? 기시카와는 늘 그런 물음을 스스로에게 던졌다.

'첫째, 각오가 필요하다.'

이제부터 해야 할 일이 앞에 놓여 있다. 그 일을 하면서 무엇을 겪을지 결과는 어떨지 알 수 없다. 마음의 준비를 단단히 해야 한다. 기시카와는 각오를 그런 뜻이라고 생각했다.

'둘째, 시간이다.'

자신에게 주어진 시간을 각오와 함께 동거동락해야 한다. 기시카와는 일찍이 부친에게서 '시간은 사람을 배신하지 않는다'는 훌륭한 가르침을 받았다. 시간은 하루 24시간 누구에게나 공평하게 주어지는데 쓰는 사람에 따라 무지개도 되고 시궁창에 떨어지기도 한다. 시간은 어떤 사람에게도 절대 등을 돌리는 법이 없다. 자신의 시간을 각오에 던져 넣으면 각오가 갑옷을 입는다.

'셋째, 축이다.'

각오와 시간을 한 지붕 아래 몰아넣으면 그것을 든든히 받쳐줄 기둥이 필요하다.

"꼭 그렇게까지 해야 돼?"

"네 소관도 아니잖아?"

주위 사람들은 조언이랍시고 던지지만 그 표정은 뜯어말리고 싶다는 빛이 역력하다. 앞으로 나가려는 열의가 대단하면 두들겨 맞게 되어 있다. 튀어나온 못은 망치를 피하지 못한다. 신념의 축은 한 번 흔들리면 100살 된 노인의 치아처럼 쉽게 빠진다.

기시카와는 그럴 때마다 무엇 때문에 이 일을 하는지, 누구를 위함인지, 그럼으로써 행복할 수 있는지를 스스로에게 묻고 또 물었다.

조
리

클
럽

은
퇴
식

　'청(靑)'은 푸른 풀잎의 새싹, 맑은 물이 초롱거리는
우물의 형상에서 따온 글자다. 청춘(靑春)인 고교시절
은 기성의 관념, 사상, 습관에 물들기에는 너무 푸른
날들이다. 청(靑)은 푸른색이고, 오행설에서는 나무(木)
을 뜻하며, 계절로는 봄이고, 방향은 동쪽을 나타내기
도 한다.

　고교시절은 100미터 달리기와 같다. 시간을 향해 전
력 질주한다. 전력 질주할 때는 심장의 고동이 목구멍
에 차오를 만큼 힘껏 달려야 한다. 고교생의 날들은 입

력(input)과 출력(output)이 흐르는 물처럼 쉼 없이 교차해야 한다. 인풋에 골몰하다 보면 바깥으로 진전할 기회를 자주 놓친다. 반면 아웃풋에 쏠리다 보면 내적 성찰의 기회를 잃어버린다. 고교 시절은 부지런한 인풋과 아웃풋 속에서 자신의 정체성을 발견·유지·관리하는 중요한 날들이다.

프랑스의 어떤 시인은 말했다.

"청춘은 결코 안전한 주식을 사지 마라!"

고교 시절이 지나면 마라톤과 같은 인생이 시작된다. 그때부터는 100미터 달리기처럼 시간을 향해 전속력으로 질주하지 않는다. 마라톤은 시간을 등에 업고, 다시 말해 시간을 뒤로 버리면서 달리는 행동이다.

고교 시절은 푸른 날들이다. 고교 시절은 잡티나 티끌을 허용하지 않는 맑고 투명한 날들이다.

보통 학생들의 클럽활동은 여름방학 기간을 기준으로 3학년 선배들이 2학년 후배들에게 자신들의 직책이나 임무를 물려주는 의식을 치른다. 그러나 오우카 고교 조리 클럽 소속 3학년생들은 다른 클럽과는 달리 여름에 은퇴하지 않고 연말까지 활동을 계속한다. 여름에 3학년생들이 모두 은퇴하면 고교생 레스토랑의 운영이 심각해지기 때문이다.

매년 12월 31일에는 3학년생 모두가 오세치 요리를 만들고, 더불어 은퇴식을 치른다. 정월 음식인 '오세치 요리'는 일본요리의 집대성이라 부르는 만큼, 지난 3년 동안 배운 요리의 기술을 아낌없이 발휘할 수 있는 절호의 기회다. 매년 조리 클럽의 클라이맥스는 오세치 요리와 은퇴식으로 장식된다.

돌이켜보면 1학년 때는 매일같이 채소를 깎고 다듬었다. 힘들고 지겨운 작업만 했다. 가끔 자신이 다듬은 채소가 요리가 되어 나오면 그 변신에 경탄하기도 했다. 울고 웃는 시간만큼 무라바야시 선생님에게 야단도 많이 맞았다. 너무 힘들어 좌절했다 다시 일어서기를 얼마나 반복했던가.

2학년이 되니 조금은 전문적인 일이 맡겨졌다. 생선도 만져볼 수 있었다. 굽는 요리부터 튀기는 요리까지 서서히 익숙해졌다. 이때쯤 자신의 적성이 요리와 맞는지 여부를 확실히 알 수 있다. 다행히 잘 맞으면 장래의 꿈을 그려본다. 프랑스 요리가 좋을까, 아니면 일본요리가 나을까? 일류 레스토랑에 취직해서 더 배울까, 혹은 아이들을 좋아하니 유치원 급식 센터에 취직할까? 해외로 꿈을 넓혀 갈까?

3학년으로 올라가니, 말하지 않아도 척 보면 알 수 있을 만큼 모든 것이 능숙해졌다. 1, 2학년 때 열심히 식재료를 다듬었던 경험이 도움이 된다. 포기하지 않고 도망가지 않았기에 이 자리에 무사히 도착했다. 사회에 나가도 아마추어 소리는 듣지 않을 만큼, 세미프로 정도의 수준에는 도달했다. 가이세키 풀코스도 척척 알아서 준비할 수 있다.

3학년이 되면 취업활동이 시작된다. 고교생 레스토랑 덕분에 오우카 고교 식품조리과 학생들에게는 전국에서 러브콜이 쇄도한다. 취직을 원하는 졸업생은 예외 없이 전국 최고의 레스토랑에 가게 된다. 고교생 레스토랑에서 철저히 단련되었는지라, 사회에 진출해도 인내력과 대응력 하나는 자신 있다.

새벽 4시→ 신년 정월을 하루 앞둔 섣달 그믐날. 조리 클럽 3학년생들이 집합한다. 오늘은 오세치 요리를 만들어야 한다. 작업이 시작되면 눈코 뜰 새 없이 바쁘다. 오세치 요리는 정오까지 만들어야 한다는 시간제한이 있다.

아침 6시→ 벌써 두 시간이 흘렀다. 3학년생들의 마지막 클럽 활동이 열심인 가운데 1, 2학년 후배들은 내년도 조리 클럽의 부장을 뽑는다. 명실공히 일본 최고의 고교 조리 클럽 부장이다. 무라바야시가 부재중일 때는 부장이 전권을 위임받기에 부장의 역량에 따라 1년의 농사가 결정된다고 해도 과언이 아니다. 지도교사는 개입하지 않고 조리 클럽 1, 2학년 전원의 투표로 결정된다. 올해는 여학생이 부장으로 뽑혔다.

아침 10시→ 주방의 3학년생들은 남은 시간을 수시로 체크하며 고교시절의 마지막 솜씨가 될 오세치 요리 만들기에 숨가쁘게 손을 놀린다. 눈빛에 호랑이가 들어 있다. 후배들은 착잡하고 서운한 표정이다. 마지막이라고 생각하며 눈물을 흘리는 여학생도 있다.

무라바야시도 매년 12월 31일이면 학교로 가는 자동차 안에서 눈물을 흘린다. 3년 동안 그의 엄격한 지도를 견디며 열심히 공부하고 실습한 학생들이 머리에 떠올라 눈앞이 자꾸 흐려진다.

정오 12시→ 정해진 시간에 3학년생들이 만든 오세치 요리가 모두 완성되었다. 정확히 12시에 시작되는 은퇴식에 맞추려고 숨가쁘게 요리를 만들었던 3학년생들의 손길이 일제히 멈추고 주방이 조용해진다. 3학년생들의 눈동자에는 날개를 펴고 사회로 비상하려는 단호한 표정과 동시에 이제는 여길 떠난다는 서운함이 교차된다. 지켜보는 후배들의 가슴에도 서운함이 밀려온다. 3학년생들이 만든 오세치 요리의 일부는 주민들에게 고마움의 표시로 전달하고, 나머지는 각자 집에 가서 가족과 함께 나누어 먹는다.

바로 조리 클럽 3학년생들의 은퇴식이 거행된다. 전원이 서 있는 가운데 무라바야시가 3학년생의 이름을 한 명씩 호명한다. 그는 한 명 한 명의 학생이 어떤 좌절을 겪었으며 어떤 피나는 노력을 기울였는지 간략히 소개한다. 그 순간은 모두 호명된 학생에게 시선이 꽂힌다. 그가 주인공이다. 조리 클럽에서 함께 활동해서 이미 알고 있는 사실이라도 선생님의 입을 통해 소개되면 새롭다.

"여러분, 정말 잘해주었습니다. 여러분이 진심으로 자랑스럽습니다!"

선생님의 소개가 모두 끝나면 졸업생의 인사말이 이어진다. 모두의 눈에는 눈물이 그렁그렁하다. 각자의 마음에 담겨 있던 생각들이 조심스럽게 나오기도 한다.

"툭하면 선생님에게 꾸중을 들어서, 몇 번이나 클럽을 탈퇴하려고 마음먹었는데 그래도 계속 버텨서 지금의 내가 있습니다. 여러분도 열심히 하길!"

"조리 클럽에 들어와 여러분을 만날 수 있었고, 너무

행복했습니다. 요리대회에서 입상하지 못해 속이 상했지만 그보다 더 중요한 것을 많이 배웠습니다. 이곳에서의 3년간은 내 평생의 보물로 간직하겠습니다."

비슷비슷하지만 모두 다른 고백이 이어진다.

요리사는 자신이 만든 요리로 평가받는다. 그렇다면 교사는 무엇으로 평가받을까?

무라바야시는 가르친 학생으로 평가받는다고 믿는다. 가령, 일반 회사의 영업사원은 영업실적이라는 숫자로 평가받는다. 반면에 교사는 평가받을 잣대가 선명하지 않다. 편하게 교사생활을 하려면 얼마든지 그럴 수 있다. 50분간의 수업 내용도 영업사원처럼 철저히 평가받지 않으니까 대강대강 해도 알 수 없을지 모른다. 담임을 맡은 반의 성적이 오른다면 역량이 있다고 평가를 받겠지만, 성적이 떨어져도 영업사원처럼 추궁당하지는 않는다.

교사는 스스로 의식적으로 자신을 평가해야 한다. 학생들을 위한다면 그 수밖에 없다.

학생들은 바탕화면이다. 교사는 여러 색깔을 제시한다. 학생들은 교사의 거울이다. 교사가 긴장감이 없고 느슨하면 학생들도 방황하며 물먹은 솜처럼 풀어진다.

교사가 학생들에게 정열을 쏟아부으면 학생들은 교사 쪽을 바라보게 된다. 교사 입장에선 매년 똑같은 것을 가르치지만 학생들 입장에선 자신들의 인생에서 하루도 낭비할 수 없는 소중한 날들이다. 교사가 타성에 젖으면 안 되는 중요하고 분명한 까닭이 여기에 있다.

무라바야시의 머릿속에 사위가 어두운 한겨울 새벽 시장에 나와 식재료를 구입하던 제자들의 꽁꽁 언 얼굴이 떠오른다. 영원히 잊을 수 없는 얼굴들이다.

고맙다고 말한다. 요리는 마음이다. 마음은 하루아침에 이루어지지 않는다. 비가 와도, 바람이 불어도 해야 할 일은 해야만 하는 괴로움. 제자들에게 결코 헛수고가 아니기를! 어떤 세계로 비상하든 설혹 그 세계가 요리가 아니라도 고교생 레스토랑에서 배운 수업은 결코 잊지 말아주길!

사랑하는 녀석들, 고마워!

무라바야시는 속으로 수없이 되뇌인다.

'내년에야말로 훌륭한 교사가 되자!'

매년 무라바야시가 설정하는 목표다.

아마 그것은 영원한 목표로 끝날지도 모른다.

제
자
의

성
장

오우카 고교 식품조리과 졸업생들을 고용한 사람들의 입에서는 다음과 같은 칭찬이 빠지질 않는다.

"역시 고교생 레스토랑에서 단련된 학생들이라 달라! 보통 때도 열심히 일하지만, 제일 감탄스러운 건 손님이 많아 피크일 때야. 정신없는 상황에서도 침착히 실력을 발휘해준다니까! 눈치가 빠르다고 할까, 움직임이 민첩하다고 할까. 신입이면 우왕좌왕 어쩔 줄 모르는데 오우카 식품조리과 졸업생들은 전혀 그렇지 않아. 기본부터 확실히 다르다니까!"

사회에 진출한 오우카 고교 식품조리과 졸업생들도 한결같이 말하는 내용이 있다.

"너, 그 따위로 하다간 금세 모가지야!"라고 했던 선생님의 말씀을 이제야 이해한다는 것이다. 그때 왜 그토록 화를 내셨는지도 이제야 알겠다고. 지금은 자기도 후배를 보며 똑같은 말을 하고 똑같이 화를 낸다고 그들은 말한다.

노력하는 사람과 노력하지 않는 사람의 차이점은 무엇일까? 아마 결과일 것이다. 그 성과나 결과에 따라 노력했는지의 여부가 정해진다.

노력을 결정하는 요소는 또 무엇일까? A는 8시간, B는 10시간 노력했는데, 결과는 A가 더 낫다면 분명히 시간적 요소가 노력의 질을 결정하는 중대한 핵심은 아닐 것이다. 그렇다면 차이점은 무엇일까?

집중력이다!

한정된 시간과 환경 속에서 더 많이 빠져들 수 있는 사람이 분명 있다. 하지만 집중력은 시간이나 환경의 제약이라는 요소에 많이 좌우된다. 내일까지 리포트를 써야 하는 대학생이 있고, 오랫동안 짝사랑해온 여자와 드디어 첫 데이트를 앞둔 남자가 있다고 치자. 둘다 각자의 사정으로(하나는 초조, 또 하나는 흥분) 잠을 못 이룬다. 이번에 리포트를 망치면 졸업 학점에 지장이 있다. 담당교수는 결코 사정을 봐주는 사람이 아니다. 이번 데이트에서 여자의 마음을 사로잡지 못하면 끝장이다!

둘 다 이리저리 고민을 거듭한다. 하나는 열심히 키보드를 두드려 가며, 또 하나는 데이트 장소와 선물, 멋지고 쿨하게 보일 대사를 궁리한다. 어떤 것에 집중하느냐에 따라 그 결과는 틀림없이 달라진다. 절박하거나 자신이 좋아서 어쩔 줄 모르는 것에 집중하면 그 결과는 일반적이고 평균적인 것보다 훨씬 나을 것이다. 어떤 사람은 성공하고 어떤 사람은 실패했다면, 그것은 노력의 질이나 양 때문이 아니라 선택의 문제가 아닐까?

'그것을 진정 원하느냐에 따라 노력의 정도가 결정된다.'

무라바야시는 자주 여행을 간다. 전국 곳곳에 자신의 분신과도 같은 제자들이 흩어져 있기 때문이다.

무라바야시의 가장 큰 즐거움은 제자가 일하는 음식

점으로 찾아가는 외식 나들이다. 훌륭한 사회인이 된 제자의 모습을 보면 교사로서 무척 기쁘다. 미에 현은 물론이고 기회가 닿으면 다른 지역에도 가본다.

일전에도 오사카에 볼일이 있어 가는 참에 최고의 일본요리점에서 일하는 제자를 찾아갔다. 몇 년 만에 보는 얼굴이었다. 며칠 전에 예약했기 때문에 제자도 이미 스승이 온다는 사실을 알고 있을 터였다. 나중에 들은 이야기지만 그 제자는 은사를 위해 특별한 메뉴를 준비하려고 무라바야시의 지인에게 전화해서 선생님이 요즘 어떤 요리를 좋아하는지 정중히 물었다고 한다.

"잘 지냈어? 건강하고?"

"선생님, 일부러 찾아주셔서 감사드립니다. 제가 은사님의 요리를 맡고 싶다고 요리장께 말씀드렸더니 허락해 주셨습니다. 식재료 구입부터 요리까지 전부 제가 했습니다. 나중에 요리 평가를 솔직하게 해주시기 바랍니다. 오랜만에 선생님의 평가를 받는다고 생각하니, 식재료 구입할 때부터 얼마나 긴장됐는지 모릅니다."

"그토록 신경써주다니 고맙구나."

간소하면서도 품격이 있는, 묵직한 세월이 느껴지는 방으로 안내되었다. 잠시 동행한 사람과 이야기를 나누고 있으니 전채가 들어왔다. 신선한 채소를 색감을

고려해 장식한 폼이 퍽 아름답다. 무라바야시는 천천
히 젓가락을 들어 입으로 요리를 가져간다.

"음, 맛있네. 훌륭해."

한입 먹어보는 것만으로도 제자가 이 요리에 얼마나
정성을 들였는지 알 수 있다. 큰 체격에 얼굴에는 여드
름투성이였던 남학생의 얼굴이 떠오른다. 천진난만한
표정에 웃으면 눈이 안 보일 만큼 귀여웠다. 다른 학생
에 비해 채를 써는 것이라든지 손놀림이 신통치 않아
무라바야시에게 혼이 많이 났다. 신입생의 기본 훈련
인 오이 썰기도 남보다 한참 늦었다. 하지만 집에서도
밤늦게까지 오이 썰기에 매달렸던 녀석이다. 부단한
노력에 힘입어 서서히 실력이 늘었다. 속도가 붙었고
일정한 크기로 썰게 되었다. 그래도 동급생에 비하면
느렸다. 원체 느릿느릿한 성격이라 쉽게 고쳐지질 않
았다. 식재료의 발주량을 착각해서 야단맞고, 늦잠 자
느라 이벤트에 지각해서 야단맞고, 고교생 레스토랑에
서 손님 옷에 된장국을 실수로 붓는 바람에 야단맞
고……. 그런데 지금은 어떤가. 무라바야시의 입에서
절로 감탄사가 나오는 요리를 만들고 있다.

"맛있게 잘 먹었다. 훌륭해!"

"아직은 멀었습니다."

주방은 팀의 화합이다. 혹여 대인관계에 문제가 있거나 한 사람이라도 문제를 일으키면 요리의 맛이 단번에 헝클어진다. 요리를 맛보면 그 음식점의 분위기를 짚어낼 수 있다. 제자의 요리에서는 어떤 문제점도 찾을 수 없었다. 대인관계도 좋고 본인의 일도 순조롭게 진행되고 있다는 확실한 증표다. 그러니 일에 대해 직장에 대해 이러쿵저러쿵 물어볼 필요도 없다. 이런저런 말이 아닌 요리로 대화를 나누면 족한 것이다.

제자의 표정은 밝았고 한층 더 어른스러워졌다. 제자는 무라바야시 일행이 보이지 않을 때까지 식당 입구에 서서 배웅했다. 무라바야시는 등 뒤의 따뜻한 시선을 느꼈지만 차마 돌아서서 손을 흔들어주지 못했다. 그와 얽힌 여러 가지 추억이 떠올라 눈시울이 붉어졌기 때문이다.

바로 이 제자는 졸업식이 끝난 후 무라바야시에게 떠듬떠듬 이렇게 말했다.

"선생님, 잘 보살펴 주셔서 감사합니다. 선생님이 화를 내시면 무섭기도 했지만 모두 우리를 위해서 그러셨다는 걸 늦게라도 알게 되었습니다. 하루 쉬는 날도 없이 불철주야 정성껏 가르쳐주셔서 너무 죄송하고 고맙습니다. 언젠가 꼭 은혜를 갚게 해주세요. 감사합니다!"

"손님 다섯 분, 8번 좌석으로 모십니다!"

접객 담당 학생이 홀로 손님을 안내하자, 홀과 주방에서 일하는 학생 모두가 한 목소리로 화답한다.

"어서 오세요!!"

"여기서 일하는 학생들이 전부 고교생이라고요? 아주 보기 좋네요."

손님들은 학생들의 씩씩한 인사에 흐뭇한 표정이다. 오픈한 지 1시간도 채 지나지 않았는데 홀의 좌석마다 벌써 손님들로 꽉 찼다. 주방은 눈코 뜰 새 없이 바쁘게 돌아간다.

이 레스토랑은 손님이 좌석에 앉으면 8분 이내에 주문한 음식을 내놓는 것을 목표로 삼고 있다. 그러려면 각 역할 담당 학생들의 손발이 잘 맞아야 한다.

"튀김 다 됐습니다!"

주방의 튀김 담당이 소리치자, 손님에게 나갈 쟁반 위에 튀김과 더불어 계절 채소로 맛을 낸 요리와 된장국이 세트로 차려진다. 요리를 만들면 쟁반 위에 보기 좋게 마무리하는 장식 담당이 따로 있다. 홀을 맡은 접객 서비스 담당이 재빨리 쟁반을 손님 테이블로 가져간다.

"주문하신 음식 나왔습니다!"

"맛있어 보이네. 학생들이 직접 요리했어?"

접객 서비스 담당 학생은 만면에 미소를 띠며 대답한다.

"예. 여기는 오우카 고등학교 조리 클럽이 운영하는 레스토랑입니다!"

이곳은 요리를 비롯해 서비스, 메뉴의 고안, 회계 관리까지 모두 고교생이 맡고 있다. 명실공히 일본 유일의 '고교생 레스토랑'이다. 학교 수업을 우선시해야 하는 고교생들이라, 영업일은 평일을 제외한 토요일과 일요일, 공휴일, 방학기간으로 한정된다. 모두 식품조리과 소속 고교생으로 학교에서 배운 이론과 실습을 바탕으로 이곳 고교생 레스토랑에서 직접 미래와 부딪치고 있다.

고교생 레스토랑은 오픈 전부터 미리 손님들이 줄을 선다. 지역에서도 톱클래스에 들어가는 '잘되는' 레스토랑이다.

"요즘 학생들은 표정이 없어."

"아마 꿈이 없어서 그럴 거야."

그렇게 생각하는 사람들이 있다면 꼭 고교생 레스토랑에 가보기 바란다.

그들에게는 명확한 꿈이 있고, 푸른 정열의 눈빛이 신선하다. 그들은 오늘도 혼신의 힘을 다해 미래로 달려간다.

고교생
레스토랑
레시피
서비스

1. 도로로 우동

재료(4인분) 1인분: 324㎉
도로로 면(우동 면)...400g
버섯(우려낸 것).......20g
유부.....................2개(20g)
파.........................6g
유자.......................1/4
가쓰오부시.............8g

⊙ 우동 다시
다시.....................1500cc
맛술.......................30cc
심심한 간장.............65cc
진한 간장.................15cc
소금.......................4g

⊙ 버섯 다시
다시.....................400cc
진한 간장.................60cc
설탕.......................50g

⊙ 유부 다시
다시.....................400cc
설탕.......................20g
심심한 간장.............15cc

❖ 만드는 방법
❶ 버섯 · 유부를 각각의 다시로 삶아낸다.
❷ 파는 잘게, 유자는 반달형으로 썬다.
❸ 면을 넣고 버섯 · 유자를 그 위에 올린다.
❹ 우동다시를 붓고 썰어 놓은 파와 향신료로 마무리한다.

2. 계란말이

재료(4인분) 1인분: 157kcal

계란.........................6개
파............................1/2개
다시.........................160cc

◉ 다시 조미료

심심한 간장...............25cc
설탕.........................10g
맛술.........................3cc
소금.........................1g

◉ 소고기 얇게 자른 것...12g

◉ 육수 만들기

술............................20cc
다시..........................20cc
설탕..........................3g
맛술..........................3cc
진한 간장....................9cc
생강...........................3g

❖ 만드는 방법

❶ 소고기를 육수로 삶아낸다.
❷ 파는 잘게 썬다.
❸ 분량에 맞는 다시에 조미료를 넣는다.
❹ 계란을 풀어 다시와 함께 섞는다.
❺ 네모진 프라이팬에 굽는다.
❻ 접시에 올려 소고기와 파를 적당히 뿌려준다.

포인트 계란을 다시와 함께 잘 저어서 강한 불에 굽는다.

참고문헌

- 高校生レストラン 行列の理由 /村林新吾 /伊勢新聞社
- 高校生レストランの奇蹟/岸川政之/ 伊勢新聞社
- 高校生レストラン 本日も滿席/村林新吾/ 伊勢新聞社
- うま味を發見した男/上山明博/ PHP
- からだにおいしい 魚の便利長/ 藤原昌高/ 高橋書店
- 伊勢志摩經濟新聞 기사
- 본문 사진: 일본어판 Wikipedia 발췌